안동환 지음

호주에서 블루칼라로 살아가는 한 중년 남자의 이야기

중년, 담담하게 버티는

"내 인생이란 레코드판의 사이드 B에는 어떤 모습이 있었을까 생각한다.... 가끔 내 인생의 사이드 B가 궁금해진다. 그래서 이것저것 기웃거렸다. 나무를 공부해서 숲에서 일을 해보고, 디프로마 학위를 따서 지기공 일도 해봤다. 책을 읽는 동호회를 해보고, 글을 써 보고 문단에 발표도 해봤다. 그림을 배우고 스케치를 하고 색칠을 해봤다. 이러다 보면 언젠가 사이드 B에서 A로 옮겨갈까."

_본문 중에서

안동환

치열했던 20년의 대기업 생활을 접고 호주로 이민을 떠났다. 안정적인 삶을 내려놓은 후 숲에서 레인저로 일을 하고, 학위를 취득하여 치기공 일에도 뛰어들었다. 의미있는 방황, 인생 2막의 여정을 본 에세이에 고스란히 담고자 한다.

호주에서 블루칼라로 살아가는 한 중년 남자의 이야기

중년, 담담하게 버티는

안동환 지음

CONTENTS
목 차

제1화

길에서

낯선 나라의 기차 안에서
다행을 찾다

　출근하는 사람들로 가득한 아침 기차역 플랫폼의 어느 한구석에서 난 알 수 없는 안도감을 느낀다. 이국의 하늘 아래에서는 영원히 이방인일 수밖에 없을 것이라는 불안함을 잊을 수 있었기 때문일까. 이 시간 이렇듯 바삐 움직이는 무리 속에 파묻혀 있으면 나도 비로소 이들의 일원이 된 듯해서일까. 대중교통을 타고 아무 생각 없이 군중 속에 파묻혀 다니던 고국에서의 젊었던 시절. 그 암울한 자장의 시간들 속으로 다시 빨려 들어가 그때를 돌이켜 기억함은 또 다른 다행이기도 했다.

　콩나물시루의 비릿한 냄새가 진동하던 비 오는 날의 신월동 388번 만원버스. 컨베이어 벨트 위에 얹혀 있는 기계 부품 같던 신도림 전철역 환승 통로의 사람들 물결. 그 안에서 부딪히고 뛰면서 늘 가쁜 숨을 몰아쉬던 젊은 날. 그 때 나는 다들

　　　　　　　　　　　　　　중년, 담담하게 버티는

이렇게 사는 거로 생각했고, 그래서 무감하게 버텨낼 수 있었는지 모른다. 출퇴근 군중들 속에서 기억해낸 서울에서의 명료한 과거는 차라리 다행이었고, 마치 긴 여행을 끝내고 익숙한 집에서 맞는 포근함과도 같은 것이었다. 은퇴할 나이가 지난 나는, 호주의 출근길 무리 속에 다시 파묻히면서 안도했고, 서울의 기억 속으로 되돌아가 편안했다.

플랫폼에서 기차를 기다릴 때나, 기차 안에서 창밖을 바라볼 때, 뒤에서 들려오는 알아들을 수 없는 외국어가, 때론 듣기 좋은 그저 편안한 소리일 때가 있다. 그럴 때면 제각각 목소리의 특유한 결을 따라 내 마음도 따라 간다. 사람마다의 서로 다른 음색이 언어마다의 고유한 억양과 섞여, 공기 입자를 타고 서서히 퍼져나간다. 그 소리의 울림이 가만히 내 귀에 다다르면, 소리 그 자체가 그냥 좋았다. 성대를 흔들며 울려진 소리는 유성음과 무성음들로 나뉘어져 서로 얽히고설킨다. 잔뜩 눌려진 목청을 따라 힘들게 올라온, 쉬거나 흐려진 탁성이 그 위에 덧붙는다. 발라드 노래의 잔잔한 도입부처럼, 들숨 날숨의 낮고 거친 숨소리는 인후를 지나 입 밖으로 나와 공기를 진동시킨다. 밖으로 나가 소리가 되지 못한 몸속의 울림은 스스로 소멸 한다. 청각 기관을 거쳐 들어온 소리는 몸속의 근육이나 뼈들 속으로 스며든다. 듣고 있음을 들키지 않으려 더 무심한 척, 반대 방향 먼 곳으로 시선을 돌리지만, 내 온몸의 세포는 더 민감하게 곤두선다. 소리의 뜻과 의미는 하나도 안 중요하다. 그저 난 그 소리의 고저와 장단을 따라 리듬과 박자를 쫓아 갈뿐이다. 이민 온 지 이십년이 되어도 외국인 앞에서는 과묵해지는 나, 이젠 해탈의 경지에 다다른 것일까. 알아들을 수 없는 외국어가, 내 귀를 타고 마음속으로 들어와 아름다운 소리로 바뀌는 요즘이다.

어린 시절부터 유독 멀미가 심했던 나는 버스 안에서 책 한 줄도 읽을 수 없었다. 그러나 기차 안에서는 전혀 멀미를 하지 않았다. 게다가 신기하게도 기차 안에서 책을 읽으면 훨씬 집중력이 좋아지기까지 했다. 그래서 종종 시험이 있을 때나 집중력을 필요로 하는 경우에는 일부러 기차를 타기도 했다. 이러한 습관은 나이가 들어서도 계속 이어졌다. 읽고 싶었던 책을 사서 바로 2호선 전철을 탄 후 반나절 동안 그 책을 모두 읽고 난 후에야 내렸던 기억도 있다. 지방 출장을 갈 땐 책을 한 권 산 후 열차표를 끊었다. 출장을 떠나는 것 보다 책을 읽기 위해 기차를 타는 것이 목적인 듯 했다. 이른 아침 새마을호 기차 안에서 커피 향과 새 책의 종이 냄새를 맡으며 책을 읽을 때, 나는 비로소 온전한 내가 되곤 했다. 아직까지도 기차는 내가 가장 좋아하는 독서 장소이다.

출퇴근을 역방향으로 하는 덕에 내가 타는 기차는 늘 여유로웠다. 기차 안은 한국과 달리 둘씩 마주 앉는 좌석 배치로 편안하고 친근한 공간을 만들어 주었다. 출근 길 기차 안에는 하

중년, 담담하게 버티는

루 일상을 시작하는 다양한 모습의 사람들이 사뭇 근엄한 표정으로 저마다의 세상에 깊이 빠져 있다. 늘 앉았던 그 자리에 오늘도 앉는다. 어제와 같은 옷차림과 표정의 낮익은 사람들이 같은 공간을 채우고 있다. 어제와 같은 풍경을 바라보며 하는 생각까지 반복되는 일상이다. 어제나 내일과 다르지 않을 하루지만 시간을 나누고 숫자를 매기니, 같지만 다른 하루 같기도 하다. 일상은 그렇듯 하나인 듯 다르게 뒤섞여 내 마음을 떠다닌다. 소중하게 붙잡아야 할 시간과 과감하게 끊고 떠나야 할 시간은 다르지 않다. 같은 시간에도 몇 번씩 서로 바뀌고 또 변한다. 일상의 진부함과 소중함은 밀물과 썰물처럼 부딪쳤다 멀어졌다 반복되고, 나는 달리는 기차 속에서 그 둘 사이의 어디쯤인가를 쉼 없이 서성거린다.

대부분 사람들이 휴대폰을 보고 있는데 혼자 종이 책을 읽고 있는 사람을 보게 되면 다시 한 번 눈길이 간다. 기차 안 일상의 풍경이 아닌, 저 사람이 읽고 있는 책 속의 세계는 어떤 풍경일지가 불현듯 궁금해진다. 눈 내리는 하얀 벌판 위일까. 숲이 울창한 깊은 산 속일까. 모두가 마주하고 있는 책 속의 세상은 내 맘 속에서 달리는 기차 밖 풍경만큼이나 빠르게 지나쳐간다. 혼자 책 읽는 사람을 보면 국적이 어디든 나이가 얼마든 친근감을 느낀다. 다가가 말을 붙이면 오랜 친구처럼 편하게 대해줄 것 같은 상상도 하게 된다. 책을 읽을 땐 나 혼자만의 세계에서 나 홀로 즐길 수 있다. 나만의 시간을 갖는다는 것은 자신을 무르익게 만든다. 책을 읽는 혼자만의 시간들이 쌓이면, 높지도 않고 깊지도 못한 어중간한 인생일지라도, 세상 풍파 앞에 좌절하지 않고 계속 나아갈 수 있으리라. 기차 안에서 책을 읽는 나의 편안함은 다행의 동의어일 뿐이다.

아무것도 안하고 아무렇게나 널 부러져서 멍 때리고도 싶을 땐, TV나 영화 속에 푹 빠지는 것도 좋은 방법이긴 하다. 그러나 내면의 경험도 풍요로워질 수 있고, 성찰의 기회도 가질 수 있는 책 읽기에 비할 바는 아니다. 내 맘대로 멈출 수 있고, 언제든 먼 하늘을 바라 볼 수도 있고, 밑줄 긋고 옮겨 써볼 수도 있고 말이다. 종이에서 나는 고유한 냄새나, 손끝에 남는 책장을 스쳤던 느낌은 보너스일 뿐이다. 책을 읽다 가끔 고개를 들어 창밖을 본다. 눈앞에 펼쳐지는 소리가 소거된 바깥세상은 평화롭고 편안한 풍경으로 가득하다. 여기가 아닌 저기를 꿈꾼다는 책 읽기는 근본적으로 여행과 유사하다. 일상을 떠나고픈 현대인의 원초적 열망은 그래서 여행과 독서를 서로 맞닿게 한다. 기차의 흔들리는 리듬이 내 머리 속의 상상을 더 왕성하게 부추긴다. 나와 같이 얼마나 많은 사람들이 흔들리는 기차 안에서의 책 읽기를 선호하고 있는지 알 수 없다. 기차는 되고 버스는 안 되는 이유도 모른다. 그저 내가 좋아하는 책 읽기 장소는 과거도 미래도 기차 안임에 분명하다는 사실은 바뀌지 않을 것이다.

중년, 담담하게 버티는

이른 아침 공기의 서늘함은 차창 밖 풍경 속에 아직 가득한데, 차창을 통과해 내 얼굴에 내려앉는 햇볕은 따뜻하다. 지평선을 갓 차고 오른 아침 해는 큰 나뭇가지 끝에 걸려, 황금색의 햇빛을 쏟아 붓는다. 커다란 차창을 지나 들어온 부드러운 아침 햇살에 온몸의 세포는 그 경계를 허물고 하나가 되는 듯하다. 아무 생각도 하지 않으려 애를 쓰면서, 다만 그 아침 햇살과 내 몸의 반응에만 신경을 모은다. 잠시 모든 걸 잊고 그 느낌에 머무른다. 환함. 아늑함. 편안함. 헐거움. 따뜻함. 평화로움. 지나간 내 시간이 담겨 있는 그 느낌들 속에서 무감, 무상이 재생산된다. 중년을 넘어 새로 시작한 이민자의 일상을 단지 버텨만 내면, 그 속에서도 행복할 수 있을까? 즐거움과 보람을 찾을 수 있을까.

아득히 먼 곳을 그윽이 바라보는 무심한 시선으로 차창 밖의 아침빛을 찾는다. 높이 솟은 검트리 사이로 내리는 빛 들이 가지 사이로 스며든다. 가지를 비껴선 빛들은 낮은 잎들의 잎맥을 따라 모여 들고, 모인 그 빛은 안쪽으로 스며들어 하나가 된다. 눈을 감는다. 미혹으로 갈팡질팡하던 치열했던 직장 생활 속의 나와, 하늘의 뜻이라고 믿고 감행했던 이민 생활 속의 바동거리는 내가 저만치서 여기를 바라보고 있다. 온화한 표정으로 남의 말을 경청하는 너그럽고 인자한 모습의 중년을 넘어선 나도 있다. 말소리는 나직나직하고 발걸음은 조용조용하다. 어느 날 갑작스레 철이든 아이처럼 그런 내가 낯설다. 오늘도 편안한 기차 안에서 다행을 찾아 익숙한 흔들림에 몸을 맡긴다.

중년, 담담하게 버티는

관계의 상처를 피해
외로움을 택하다

　칼날 같은 바람이 겨울나무를 돌아 나와, 찬 공기 속을 가르며 내게로 다가온다. 어깨를 움츠리고 고개를 떨어뜨린 이방인들은, 들판의 풀을 먹는 동물들처럼 서성거리다 흩어져 간다. 과장된 친절이 난무하는 이 도시에서, 이민자의 마음은 냉정함의 칼날에 베이고 잘리어져 부서지고 흩어진다. 누구의 관심도 받지 않고 아무도 모르는 이곳에서, 소리 소문 없이 살아가든 아님 사라지든, 세상은 어느 것 하나 바뀌지 않을 것이다. 인간은 '사람과 사람 사이'라는 뜻의 글자를 갖는다. 그 사이의 관계 때문에, 우리는 기뻐하고 행복하기도 하지만, 때론 좌절하고 고통 받기도 한다. 서운하지 않을 만큼의 무심함은 어디쯤이고, 부담스럽지 않을 만큼의 배려는 또 어디쯤에 있을까. 그와 나 사이에 마땅히 있어야 할 적당한 사이는 과연 얼마일까. 그 사이가 더욱 궁금해지는 요즘이다.

내가 어린 시절을 보낸 곳은 한강대교와 철교 사이의 샛강을 끼고 있던 작은 마을 가칠목이다. 동네 앞으로 흐르던 한강물이 불어나기라도 하면, 들어오고 나가던 모든 길이 막혀버렸고, 마을 뒤를 감싸던 구릉 아래엔 뱀처럼 구불구불한 골목길들이 이어져 있던 곳이기도 했다. 그 때 그 곳에선 모두가 똑같았기에 고통이랄 수도 없었던 곤궁한 삶이 늘 넘쳐나던 곳이었다. 뒷산 경사진 길 위엔 닥지닥지 붙어있는 성냥갑 같은 집들이 꼬불꼬불 난 비탈길로 이어져 있었다. 겨울이면 쌀이나 시멘트들이 담겼었을 포대가 너덜너덜해질 때까지 눈썰매 놀이를 했었는데, 누군가가 헤져서 버린 것을 발견하기 전까지 내 모습은 늘 구경꾼이었다. 깔빼기라 부르던 다마치기 놀이를 할 때도, 개평으로 구슬 몇 알을 받고서야 내 놀이는 끝이 났다. 다방구라는 술래잡기를 하면 제일 먼저 죽었고, 십자가이상 놀이를 할 땐 넘어져서 옷이 찢어지거나 팔 무릎 어디선가 피가 보이는 것 역시 내가 먼저였다. 지들끼리의 놀이에 실증이 날 때면 뒷동네 아이들과 한바탕 전쟁놀이도 빠지지 않았다. 손잡이가 붙어있는 쓰레기통 뚜껑을 들고 나와 방패삼고, 양쪽 주머니 가득 작은 돌멩이를 채워놓곤 골목을 누비며 던져대곤 했는데, 한참을 뛰어 다니다 보면 혼자 남기 일쑤였다. 여기저기 아이들을 찾아 기웃거리다가 결국 집으로 혼자 가곤 했었다. 때 자국이 켜켜이 딱지 진 고사리 손등은 언제나 추위에

중년, 담담하게 버티는

터 있었고, 손톱 밑은 흙 때가 떠날 날이 없었다. 어둑어둑해지고 나서야 들어온 집에선 늘 할머니의 핀잔이 있었지만, 잠자리에 들 때까지 놀이의 남은 흥분 때문인지 온 몸 구석구석이 스멀스멀하곤 했었다. 내가 살던 집 안방의 높고 작은 창문 너머엔 한 뼘 하늘만이 보였고, 나는 흡사 개구멍 같았던 작은 뒷문을 통해 비집고 나가길 좋아했다. 가칠목 골목길 비탈 뒤론 나무들이 줄지어 서 있었고, 그 숲 속 어딘가에 혼자서만 안다고 확신했던 은신처가 있었다. 그 곳에 앉아 시간 보내길 좋아했는데, 그래 봤자 평평한 돌부리에 걸 터 앉아 땅에다 뭔가를 그리며 노는 게 전부였을 터이다. 이렇듯 가칠목에서의 내 어린 시절을 관통하는 기억의 출발점은 외로움이었다.

내가 다닌 국민학교 뒤로는 만주벌판이라 불리던 큰 공터와 돼지공과라 불리던 고등학교가 있었다. 어떤 연유로 그렇게 부르게 됐는지는 알 수 없었고 단지 혼자서 짐작할 수 있을 뿐이었다. 한 학년은 십여 반이나 되었고, 한 반엔 칠팔십 명이 넘는 학생이 있었는데, 그마저 오전 오후반으로 나뉘어져 있었다. 어느 날인가 선생님들은 운동장 빽빽이 서있던 학생들을 둘로 나누더니, 맞은편 돌산 꼭대기에 새로 지은 학교로 줄지어 보내기 시작했다. 분교로 떠나간 친구들은 몇 달 동안 공부 대신 돌 줍기, 흙 나르기, 풀 뽑기만을 해서 남은 학생들의 부러움을 사기도 했다. 학교 운동장에 새로 들어선 뺑뺑이라 불리던 회전형 놀이기구를 처음 타본 날, 모래 바닥에 먹은 것을 모두 게워내고부터는, 노는 시간이면 휑한 계단에 혼자 앉아 있곤 했었다. 길바닥에서 얻어 걸린 돌멩이나 딱딱한 물건을 발로 차면서, 땅만 바라보고 학교를 오고 갔었다. 그나마 발로 찰게 없던 날들은, 마름모 꼴 보도블록의 모서리 선에 발이 닿지 않으려고 우스꽝스러운 보폭으로 기우뚱거리며 걷기도 했었다. 그렇듯 늘 외로움은 어린 시절 내 기억의 익숙한 풍경이었다.

암울한 시대를 까까머리에 시커먼 제복으로 버텼던 무참했던 학창 시절도 별반 다르지 않았다. 무자비했던 선생님들의 폭력. 수류탄으로 멀리던지기를 하던 체력장. 총칼을 차고 제식훈련을 하던 교련 수업. 그런 세상 속에서 난, 누구도 찾아낼 수 없는 백사장의 모래알 하나처럼, 그렇게만 존재했었다. 적성이나 꿈과는 상관없이 정해진 성적 순서에 따라 대학을 가야 했고, 그럭저럭 살아가기 용이한 직장으로의 취업만이 유일한 화두였었다. 문밖에는 천상의 꽃밭이 아주 조금만 가끔 나타났었고, 진흙탕에 가시밭길은 언제나 지뢰밭처럼 천지에 펼쳐져 있었다. 왕성하게 사회적 관계를 맺고 정신없이 활동해야 할 때, 혼자 밥을 먹으며 불편했고, 혼자 길을 걸으며 불안했었다. 미래는 막막했고 현실은 답답했다. 세상은 아득했고 인생은 버거웠다. 나는 더욱 말 수가 적어져만 갔다. 그래서 늘 혼자였고 외로웠다.

중년, 담담하게 버티는

치열한 경쟁 속에서 나의 직장 생활은, 흡사 전쟁터 한가운데 혼자 서있는 듯한, 그런 날들이었다. 100데시벨이 넘는 기계 소음 속에서 귀마개를 하고, 컨베이어를 따라 쉼 없이 흘러가는 500도C가 넘는 유리 덩어리를 방열 마스크 너머로 바라다보면서, 나는 엉뚱하게도 시골길과 들꽃들을 생각했었다. 그런 내가 낯설었고 부끄러웠다. 그러다 불현듯 목이 메고 눈가가 흐려지기라도 하면, 그 황망함에 어찌해야 할 바를 몰라 전전긍긍하기도 했었다. 군산 앞바다 너머로 시뻘건 태양이 떨어지고, 세상도 유리공장도 검붉은 노을로 물들던 겨울날 저녁. 작업복 깃을 세우고 땅만을 바라보며 끝없이 줄지어 식당으로 들어가는 말없는 근로자들 무리에 섞여, 바다 바람에 고개도 들지 못한 채 "……오래 된 책 표지 같은 군산, 거기/ 어두운 도선장 부근……"으로 시작되는 시를 기억해 내려 바동거리기도 했다. 나이가 들고 영육의 조건이 약해지고, 경제력도 사회적 위상도 보잘것없어지면 누구나 불가피한 쓸쓸함이 찾아올 것임을 나는 그때부터 잘 알고 있었다. 젊은 시절부터 지독한 외로움에 허우적댔던 대가로, 나이 들어서는 고독함이 고통으로서가 아니라 삶의 자연스러운 모습으로 받아들여질지도 모른다는 그때 나의 바람은, 결국 바람일 뿐이었다. 언제 어디서나, 혼자는 안 된다고 외로움은 더욱 안 된다고 믿는 절박함은, 쓸쓸함을 무조건 벗어나야 할, 극복해야 할 상대로 몰아 부쳐왔다. 그러나 내 인생의 불가피한 외로움은 늘 나의 모습이기만 했다.

오십이 다되어 이민을 왔다. 완전히 다른 삶을 살겠다고, 이 국땅의 숲 속에서 나무를 돌보는 일을 시작했다. 한반도의 나무이름, 꽃 이름 하나 제대로 모르는 내가, 낯선 하늘 아래의 자연과 식물들 앞에 섰다. 새벽이슬 위로 아침 안개가 깔리고, 너그러운 햇살이 가득한 숲에서, 넉넉한 시간들은 오히려 불안과 초조함의 허기증을 불러 일으켰다. 주룩주룩 장대비가 내리는 날엔 흙냄새와 풀 냄새에 묻혀 훅하니 밀려오던 물비린내에 진저리를 치곤했다. 건장한 나무들 사이를 감아 돌아, 사각사각 들려오던 숲 바람 소리는, 어색한 공기를 따라 내 귓속으로 들어와 이명이 되었다. 오랜 세월 호주 대륙을 꼿꼿이 지켜왔을 유칼립투스 나무. 수피를 몽땅 벗어버리고 하얀 속살을 그대로 드러낸 가여운 자작나무 몸통을 닮은 나무. 자연과 어우러져 신비스런 숲을 이루고 있으나 그 속에서 홀연히 솟아있는 자태. 고고한 듯 외로운 모습이 오히려 거칠고 헝클어진 이민자의 마음을 위로하기 충분한 나무. 한 아름도 더 되는 나무기둥에 기대서서 유칼립투스 우듬지를 올려다보곤 했다. 혼자여도 괜찮다는 생각은 혼자일 수밖에 없다는 마음과 어우러져 분별할 수 없었다. 제대로 살아 보겠다고 떠나온 이민 길. 추레한 모습으로 검질기게 버텨온 이민 생활. 가쁘게 살아온 부박한 날들이 숲 속으로 스며들어 가뭇없이 흩어져 사라졌다. 유칼립투스 숲 속에서 일하며 지냈던 그 시절, 이민의 삶을 가로

중년, 담담하게 버티는

질러 흘렀던 것도 결국 외로움이었다.

어린 시절이나 학창 시절 어렵지 않게 친구들이 생겨났듯이, 중년이 넘어서도 그러하리라고 믿었다. 나만의 기준으로 주위를 나누어 구분했고, 소극적인 대인관계로 스스로의 울타리를 만들었다. 그럴수록 점점 더 깊은 고립 속으로 유폐되었고, 외로움이라는 치명적인 상대는 더욱 강해져만 갔다. 겨우 겨우 시작한 외로움에서 벗어나려는 시도들은 어이없는 결과만 가져왔다. 골프나 문학회 등의 모임에 열을 올려봤으나 돌아온 것은 패거리 문화의 간접 체험뿐이었다. TV 드라마나 스포츠에 몰입하고 인터넷에도 탐닉했다. 그러나 이런 돌파구는 외로움을 증폭했고, 또 다른 모습의 외로움을 만들어 냈다. 버리고 도망칠수록 더욱 커지고 다가오기만 했다. 외로움은 단지 유약함이라고 사치라고 치부하면 할수록, 외로움은 비정한 폭력처럼 나에게 되돌아 왔다. 나 홀로라는 느낌 속에 방치되지 않으려는 중년의 이민자는 더욱 외로웠다. 늘 관계를 갈망했고 접속을 유지하고 싶었다. 고립만은 정말 피하고 싶었다. 그래서 또 만나고 서로를 맞대어 잇고 연결도 해봤다. 그러나 누가 알았겠는가. 그렇게 원하던 관계가 서로에게 위로를 주기보다 상처를 주는 일이 더 많아 질 줄을. 결국 관계와 외로움 사이에서 바장거릴 뿐이었다.

남반구의 겨울 오후. 하늘은 흐리고 거리엔 찬바람이 분다.

말라비틀어진 플라타너스 잎 하나가 앙상하게 남아있는 겨울 나무는 속절없이 이 계절을 견디고 있다. 이국의 도시를 정처 없이 떠도는 낯선 이민자의 공허한 마음은, 춤추듯 날리는 도시의 풍경을 그저 바라만 본다. 이 세상을 살면서 상처를 받을지 안 받을지를 내가 선택할 수는 없지만, 누구로부터 상처를 받을지는 고를 수 있지 않겠는가. 이 나이쯤 됐으면 싫은 사람 안 만나고, 맘에 맞는 사람만 만나다, 싫어지면 또 안 만나고, 그럴 수도 있지 않겠는가. 허나 아무리 그래도 내 필요에 따라서만 다른 사람들과 이어지고, 내 상황에 따라서만 그들과 헐겁게 연결되어 사는 모습은 왜 그런지 모르게 쓸쓸하다. 혼자서 고립되어 살면서 받을 외로움의 잔혹함과, 타인과의 관계를 찾아 헤매다 결국 만나서 받게 될 상처의 아픔을 피해갈 방법은 없을까. 지금까지 늘 그래왔듯이, 변하고 잊히는 망각의 위력이 천천히 그러나 결국엔, 모든 관계의 상처도 고립의 외로움도 아물게 할 것임을 그저 믿을 뿐이다.

중년, 담담하게 버티는

지금 여기처럼
서울도 그땐 그랬다

　설렘과 두려움으로 시작한 타국에서의 삶은 강산이 두 번이나 변하고 있지만, 여전히 낯설고 어색하기만 하다. 사람들도 또 그들이 사는 모습도 참으로 생경하여 그 다름이 아득하지만, 높고 넓은 호주 대륙의 하늘과 땅의 모습도 다르긴 마찬가지다. 도심 어디서나 볼 수 있는 녹색의 잔디와 숲들의 푸름은 다름 이전에 그저 부러움이다. 모든 이들의 등 뒤로 골고루 쏟아지는 따스한 아침 햇볕, 바람, 비… 어릴 적 내가 살았던 서울도 그땐 그랬다. 지금 여기처럼.

　유칼립투스 나무의 캐누피를 뚫고 쏟아지는 아침 햇살의 선명한 빛이 푸른 잎들 위로 내려앉는다. 파란 하늘 여기저기 흩어져 있던 하얀 구름들 사이로 쿠카바라 새 한 마리가 떨리는 잎들을 차고 오른다. 아늑하면서도 그윽한 숲이다. 여기저기로 서성이던 숲 바람을 타고, 너그러운 햇살들이 퍼져 나간다. 몸을 숙여 하찮은 풀들 가까이 다가가 눈을 감는다. 흙과 풀들의 익숙해서 그리운 냄새들이, 온 몸 깊숙이 스멀스멀 빨려 들어와 스민다. 바람과 빛 그리고 냄새와 소리에 나를 맡기고 천천히 오랫동안 눈을 감고 그대로 멈춘다. 호주의 숲은 가만하면서도 포근하다. 헝클어지고 거칠어진 이민자의 마음을 위로하기에 부족함이 없다. 바람은 부드럽고 햇살은 선명하며 흙과 풀들의 풋풋한 냄새가 있는 호주 숲이다. 내가 살았던 그때 고국의 모습과 다르지 않다.

어린 시절 우리 동네엔 강가를 따라서 저수지가 있었고, 그 뒤로 돌아가면 이름 모를 무덤들이 있었다. 저수지나 무덤 주변의 풀밭 위에선 모두가 맨발로 뛰어 다니며 놀았다. 뱀처럼 꾸불꾸불한 골목길로 연결된 뒷산엔 기찻길 같이 나무들이 줄지어 서있었다. 바람은 나무들 사이에서 규칙적인 소리를 내었고, 그 소리는 서 있는 위치마다 다르게 들렸다. 어디서부터 바람이 불어왔는지는 알 지 못했다. 다만 나뭇잎부터 흔들렸기에 바람은 나무 위부터 내려온다고 믿었다. 나무 사이마다에 서서, 두 팔을 벌리고 눈을 감고 있곤 했다. 바람은 나무에게 그러하듯이, 내 등을 토닥거리고 머리를 쓰다듬으며 지나갔다. 바람은 친근했다. 바람 소리를 듣고 바람결을 느꼈다. 나는 나무처럼 흔들렸고 그러다 나무가 되곤 했다. 나무 우듬지 너머엔 언제나 파란 하늘이 펼쳐져 있었고 하얀 구름들이 떠다

중년, 담담하게 버티는

니고 있었다. 푸르른 숲도 파란 하늘도 그 속의 구름도 바람도 늘 가만했다. 그 시절 내가 살던 서울은 그랬다.

숲이라는 모국어를 들여다보면, 하늘을 가리기도 하고 떠받치고도 있는 나무들이 보인다. 그 나무들에 걸러져 숨어버린 빛의 그늘도 보인다. 숲이라고 발음할 땐 늘 입에서 바람이 나온다. 그 바람 소리 속에서는 서걱대며 부딪치는 나뭇잎들의 소리도 들린다. 숲이라는 글자 속에서 소리가 된 바람은 울림이 되고, 그늘이 된 빛은 서늘함이 되어 글자 인에 스민다. 숲이라고 말하기만 해도 숲의 소리가 들리고, 숲이라는 글자만 봐도 숲의 모습이 보인다. 숲이라는 모국어엔 숲의 풍경이 다 들어있다. 그 숲의 헐거운 공간 사이로 호주 비가 내린다. 오랜 세월 바위와 흙과 모래가 하나로 어우러진 채 그대로인 늙은 대륙. 그 땅 위의 숲 속으로 떨어진 빗물은 흔적도 없이 사라졌다간 이내 다시 나타난다. '비'라는 모국어의 글자엔 내리는 빗줄기가 들어 있는 듯하다. 비! 비! 라고 소리를 지르며 떨어지는 듯하다. 땅 위에 부딪쳐 부서진 빗물은 소리 없이 흐르다 흙 과 하나가 되고, 미처 스미지 못한 빗물은 풀과 나무들의 냄새와 어우러져 알 수 없는 흙냄새가 되어 숲 속으로 퍼져 간다. 강물 위로 떨어진 빗물은 익숙지 않은 물비린내가 되어 빗줄기를 따라 올라 숲 속에 가득하다. 이리저리 밀려다니던 바람 내음이 몸속으로 들어오면, 나도 모르게 진저리를 친다. 불과 십여 분만 나아가면 집과 사람들로 가득한 세상인데, 이곳에서 만나는 비 오는 숲 속의 풍경이라니. 무참했던 이민 생활을 가뭇없이 잊게 해주는 호주의 숲이다. 내가 살았던 서울 변두리에 비가 오던 그때도 그랬다.

어릴 적 내가 살던 집엔 대청마루가 있었다. 하릴없이 마루에 등을 대고 누워 하늘을 바라보면 시간 가는 줄 몰랐다. 비오는 날엔 처마 끝에서 떨어지는 빗물을 바라보며, 끊어지는 방울과 이어지는 빗물을 눈에 담으려 이리저리 뒤척였다. 늘 느낌표로 떨어지던 처마 끝 빗물이, 비가 잦아들면 물음표가 되어 떨어졌다. 무엇을 느끼고 무엇이 궁금했는지는 기억할수 없지만, 떨어지는 빗물을 바라다보며 난 세상의 중심이었을 터이다. 빗방울이 거세지면 양철 처마에 떨어져 부딪치는 금속성 소리와, 앞마당 흙 위로 떨어지는 빗소리만으로 세상은 온통 가득했다. 소리의 벽에 갇힌 채로 온갖 가지 상상을 했고, 그 속에서 수없이 많은 세상을 만들고 지우기를 반복 했다. 비가 그치면 아이들은 골목으로 몰려나와 흙 길 사이로 물길을 만들고, 그 위에 고무신을 띄우며 놀았다. 여기저기 빗물에 쓸려온 지렁이가 굼틀거렸고, 개구리도 사방에서 튀어 다녔다. 비를 피해 뒷산 숲 속으로 들어가기도 했다. 소나무 기둥 아래 서서, 솔 잎 사이로 떨어지는 빗물을 받아먹으며 놀았다. 고개를 젖히면 나뭇잎 사이로 회색 빛 하늘이 있었고, 그 위를 바라보던 내 마음은 검푸른 바다가 되었다. 솔잎의 싸한 향에 빗물의 비릿한 냄새가 뒤섞이고, 아이들의 빈속이 울렁거리기

중년, 담담하게 버티는

시작하면 하나 둘 집으로 돌아갔다. 빗물이 피부를 따라 흐를 때 느꼈던 야릇한 시원함도, 빗방울이 얼굴을 때릴 때 상쾌했던 촉감도, 세상 곳곳에 부딪치며 튕겨져 오르던 탱탱했던 그 빗소리들도, 모두 생생히 기억 한편에 그대로 살아있다. 그렇듯 비와 숲이 있었던 내가 살던 어린 시절의 서울도 그땐 그랬다.

유칼립투스 나무 가지 끝엔 사막의 달이 걸려있었고, 호주 대륙의 밤하늘엔 별 가루가 먼지처럼 뿌려져 있었다. 다 커서 이십 대 중반이었던 막내딸과 둘이서만 사막 여행을 갔다. 아보리진 원주민들이 세상의 중심이라 믿었고 대륙의 배꼽이라 불렀던, 호주 정 중앙의 울룰루. 인간이 만든 불빛은 한 점도 허락하지 않는 진정한 어둠이 있는 곳이라 했다. 밤하늘 속 별들을 있는 그대로 다 볼 수 있는 곳이라고도 했다. 침낭처럼 생긴 일인용 텐트의 차가운 모래 바닥에 등을 대고 딸아이와 나란히 누웠다. 깊이를 알 수 없는 아득히 먼 저 어둠의 공간에서, 푸른 별들이 쏟아져 내렸다. 서울의 초승달이 왜 호주에선 그믐달이 되는지, 북극성과 북두칠성이 없는 남반구의 밤하늘에서 남십자성을 보고 어떻게 방향을 찾는지를 우리는 궁금해했다. 별들은 비처럼 땅으로 떨어졌고, 뒤쳐진 별들은 밤하늘 어둠 속으로 스며들었다. 수만 년 동안 대륙의 원주민들에게 쏟아져 내리던 밤하늘의 별들은, 낯선 이민자들의 머리 위에서도 그렇게 오랫동안 존재할 것이다. 호주 사막의 밤하늘은 어린 시절 서울의 밤 별들과도 많이 닮았다.

어린 시절 한 밤중에 화장실이 가고 싶으면 할머니를 앞장 세워야 했다. 앞마당을 가로질러 대문 옆에 떨어져 있던 한적한 뒷간, 그 곳까지 혼자 갈 수는 없었다. 일을 보며 문을 열어 놔도 무서웠고, 할머니는 내 눈 앞에 내내 서 계셔야 했다. 쭈그려 앉아 일을 보다 고개를 들어 하늘을 보면 거기엔 어마무시한 세상이 있었다. 무수한 별들이 눈처럼 쏟아지는 밤하늘이 있었다. 누군가 세상의 별들을 모두 앞마당 밤하늘로 불러 모아 놓은 것 같았다. 할머니 손을 꼭 잡은 채 한참을 더 밤하늘을 보곤 했다. 할머니는 별들이 파란색이라 했지만, 나는 믿을 수 없었다. 눈을 감았다 뜨면 별은 노란색에서 하얀색으로 때론 붉은색으로도 바뀌곤 했기 때문이었다. 어려운 이름의 별자리들은 몰라도, 국자 모양의 북두칠성은 정확히 알려 주셨고, 난 아직도 그걸 기억하며 산다. 그렇게 한참을 할머니와 올려다보던 서울 밤하늘의 별들은 그 자리에 그대로일 텐데, 지금은 잘 보이지 않는다고 한다. 문명의 불빛이 주위에 너무 많이 생겨서이거나, 오염된 공기가 시야를 막아서 이리라. 내가 살던 어린 시절 변두리 서울의 밤하늘에서 푸르게 빛나던 그 수많은 별들. 그땐 그랬다.

내가 살았던 고국에 봄이 오면, 벗나무에서 꽃비가 흩뿌렸고 개나리, 진달래, 목련 꽃들이 분분히 세상에 휘날렸다. 라일

중년, 담담하게 버티는

락 꽃 향기는 떠나는 봄을 마중하러 멀리 퍼져 나갔다. 방송은 앞 다퉈 한반도의 봄꽃들이 남쪽에서 밀고 올라오는 속도를 보도하였고, 사람들은 올해도 그 장관을 눈에 담으려 분주히 몰려다녔다. 그러나 이역만리 타국에서 접하는 요즈음 고국의 봄소식은 다르다. 바이러스와 방역 소식은 차치하고서라도, 황사와 미세먼지로 인한 뉴스 때문에 꿈같은 봄 꽃 소식은 뒷전이다. 뿌옇고 흐릿한 도시 속에서, 고개를 옷깃 깊숙이 감춘 채 마스크로 얼굴을 가리고 바삐 걷는 사람들 옆으로, 누런 먼지를 뒤집어 쓴 자동차들이 지나가는 뉴스 속 장면이 나온다. 외출도 자제하라 하고, 가능한 얕은 잔 숨을 쉬라고 한다. 서해를 건너오는 오염된 바람은 미세먼지 원인의 절반이 안 된다고 한다. 황사와 미세먼지가 짜증나고, 이들이 넘어오는 이웃나라가 밉더라도 어쩔 수 없는 일이다. 국내의 굴뚝과 경유차 등에서 뿜어져 나오는 오염 원인이 더 큰 범인이라니, 우리부터 추스르는 게 순서일 듯싶다. 눈에 보이지도 않는 미세먼지로 가득한 오염된 공기. 그 속에서 숨 쉬고 살아야 한다는 생각만으로도, 호주에 사는 내 머리가 지끈거리고 호흡이 가빠지는데, 고국의 사람들이 느낄 암담함과 답답함을 생각하면 먹먹하기만 하다.

서울과 다르게 호주에선 아이들도 어른들도 비 오는 거리를 우산도 없이 씩씩하게 걸어 다닌다. 비 맞기를 피하거나 주저하지 않는다. 아무도 비를 맞으면 건강에 나쁘다고 말하지 않는다. 내다 걸은 빨래를 비가 온다고 일부러 걷지도 않는다. 비를 맞았다고 다시 세차를 하는 사람도 없다. 비가 오면 옷이 젖을 뿐, 몸과 맘은 오히려 깨끗해진다고 생각하는 것일까. 호주는 하늘과 공기뿐만 아니라 부는 바람과 내리는 비도, 그렇듯 늘 맑고 깨끗하다. 남반구의 대륙에 비가 내린다. 고국의 장맛비보다 더 길게, 그칠 듯 내리다 또 쏟아진다. 내리는 빗속의 세상에서는 살았던 곳도, 사는 곳도 구분되지 않는다. 살았던 기억 속의 그 곳은 그리움이고, 살아가고 있는 지금은 기다림이다. 어떤 모양으로 어느 곳에서 살든지 다른 모습의 같은 삶일 뿐이다. 지금 여기처럼 어릴 적 내가 살던 서울 변두리도 그땐 그랬다.

은퇴한 듯
은퇴하지 못하면서

아무런 연관도 인연도 없는, 더구나 건너 건너 아는 사람조차 한 명 없는, 작고 허술한 한인 이민 교회에 새 신자가 되었다. 꼬박꼬박 주일 헌금을 내고 예배에 빠지지 않았다. 찬양대에도 들어갔다. 성가 연습 시간에는 언제나 제일 먼저 도착해 의자를 정리하고 다소곳이 맨 뒷좌석에 앉았다. 차례차례 들어오는 모르는 이름의 찬양대원들에게 겸연쩍은 표정으로 아는 척을 했다. 연습이 시작되면 앞사람의 뒷머리에 시선을 모으고 무심한 눈으로 그저 바라만 보다가 슬그머니 오선지 위에 마음을 내려놓았다. 다른 파트의 화음은 낯선 언어의 알 수 없는 소리일 뿐이었다. 아무 생각 없이 입술로만 온종일 노래를 했다. 연습 후엔 바쁜 일이라도 있는 양 삼삼오오 모이는 찬양대원 틈들을 비껴지나, 훨씬 가벼워진 몸짓과 표정으로 집으로 갔다. 내 삶의 기쁨도 슬픔도 잊어버렸다. 소망도 걱정도 묻어버렸다. 이민을 온 후 은퇴를 한 듯 살아가는 어느 일요일 오후다.

뜬금없이 누군가가 먼 나라 모르는 사람들을 위해 소리 높여 기도라도 할 때면, 주위 사람들은 두 손을 모으고 두 눈은 꼭 감고 공감을 표하는 듯했다. 나도 따라 눈을 감아 보지만, 늘 내 머릿속은 쌀뜨물을 풀어 놓은 듯 뿌옇게 흐려져만 갔다. 다른 사람들의 기도 소리는 나에게 들어와 말이 되지 못하고, 아득한 하늘 위로 가뭇없이 사라져 갔다. 찬양대의 노랫소리는 나에게 들어와 뜻이 되지 못하고, 검푸른 바다 위 파도처럼 끝없이 부서져 갔다. 영빨의 클라스가 다르다는 이유로 때론 투명인간 취급을 당하기도 했다. 과묵함으로 무시했다. 초짜의 순수함으로 얼버무려 가며 버텼다. 그러다 어색한 표정을 지으며 슬그머니 다시 본래의 생각 없는 모습으로 돌아왔다. 일주일에 딱 한 번 마주치는 교인들과 어색한 표정으로 눈인사를 나눴다. 아무도 나에게 묻지 않았듯이, 나도 묻지 않았다. 교회에서 점심으로 주는 비빔밥을 말없이 씩씩하게 비벼 먹었다. 찬양 연습을 마친 일요일 오후의 내 마음은 한껏 부풀어 오른 풍선과 같이 충만해졌다. 쉼 없이 무언가를 해야 했던 지난 삶에서 멀리 떠나왔다고 믿었다. 절반의 은퇴를 했고 그래서 평화롭고 행복해졌다고 생각을 했다.

쉰 살이 채 되기 전에 이민을 왔다. 한 직장만을 이십여 년 다닌 나에게, 낯선 언어의 이국은 호락호락하지 않았다. 나의 경험과 이력은 그저 나만의 세상이었다. 나는 완전히 다른 새로운 삶을 받아들여야만 했다. 자기 사업을 하기엔 여건도 용기도 부족했다. 취업하고 일을 하기 위해서는 자격이 필요했고 새로운 공부를 해야 했다. 내 선택은 극히 제한적이었다. 시간당 급여를 받는 캐주얼 일들이 가능했다. 그런 일들은 대개 불규칙적이었고 비교적 여유도 있었다. 이민 전후의 내 삶은 크게 변했다. 은퇴하지 않았으나 은퇴를 한 듯한 이민 생활이었다. 아직 치열하게 살아갈 고국의 친구들을 생각하면 괜스레 마음이 편하지 않았다. 미안하고 부끄러운 감정이었는지도 모르겠다. 그래서 누구에게도 호주에서 살아가는 모습을 자세히 말했던 기억이 없다.

이제 고국의 친구들도 많이 은퇴를 한다. 모두 비슷하게 현역에서 물러나니, 그나마 덜 힘든가 보다. 축하한다고도 하고 애도를 표한다고도 하면서 농을 한다. 퇴직의 충격으로 술을 먹고 위로를 하며 호들갑을 떨지 않으니, 이젠 일상의 한 부분이 된 듯도 싶다. 남은 시간이 아직 많은데 하는 일 없이 옛날 얘기나 곱씹어 가며 살아갈 수는 없을 것이다. 가족이나 자신을 위해서라도 일하고 돈을 벌기 위해 발버둥을 칠 것이다. '한때는 남해 바다에서 싱싱하게 헤엄치며 은빛 비늘을 반짝이던 멸치였는데, 지금은 국물 우려낸 머루치 꼬락서니 아니냐'던 '마종기'의 시를 떠올리며 좌절도 할 것이다. 나이 들어 은퇴하고 일에서 자유로워진다 함은 뜻으로 아름답다. 경제적으로 준비되어 여유롭게 살아가는 은퇴 후의 삶은 말로써 더욱 아름답다. 현실은 막연하기만 한데, 말과 뜻은 아름답고 그럴듯하다. 앞으로 잘 될 거라는 기대는, 내일 당장 뭘 해야 할지 모르는 걱정 앞에서 늘 속수무책일 것이 분명하다. 기대는 점점 줄어들 테고, 걱정은 부풀어 올라 커질 것이 또한 확실하다. 고국에서의 은퇴는 '국물 우려낸 며루치'와 다름 아니라는 말이 길게 아팠다.

이민 오기 전, '부자 아빠, 가난한 아빠'라는 책을 읽은 기억이 있다. 노후의 경제적 준비를 가능한 한 빨리 끝내고 조기 은퇴를 해서, 일로부터 해방되는 것이 성공한 인생이라고 말했던 것으로 기억된다. 많은 사람이 그 책에 동의했듯 나 역시 일찍 은퇴할 수 있음은 최고의 삶이라고 생각했다. 나의 능력이나 노력과는 별개로 이민은 나에게 그런 행운을 어느 정도 가져다 주었다. 이민 온 후, 충분하지는 않았지만, 다행스럽게도 있는 것과 버는 것으로 그럭저럭 살 수 있었다. 많은 여가가 남았고 가족과 함께 그 시간을 보낼 수 있었다. 규칙적으로 책을 읽고 운동도 할 수 있었다. 긴 시간 책상에 앉아 글을 써보는 호사스러운 시간도 누렸다. 그러나 내 마음은 늘 불편했다. 학교 다닐 때, 다른 학생들은 4시간 자는데, 나만 8시간 자면서 가졌던 찝찝한 느낌 같은 것이었다. 은퇴해본 적은 없지만 은

중년, 담담하게 버티는

퇴한 듯 살아온 지난 이민 생활 십 년이다.

참으로 바쁘게 시간이 흘렀다. 뭐가 얼마나 바빴는지 말할 수 없으니 그건 사실이 아닐 것 같다. 그저 시간과 세월만 바쁘게 지나가 버렸다. 그 속에서 남은 것은 우물쭈물 대며 서성거리는 내 모습뿐이다. 중년의 나이를 살아가는 고국의 친구들과 비교할 때, 이민 온 나는 여유가 많고 편하게 산다고 생각을 했다. 바쁘고 치열하게 살아가는 그들에게 마음 한구석 갚아야 할 빚이라도 있는 양 불편해했다. 그렇듯 여유로웠지만 바쁘게 산 시간 속에서 편함과 불편함은 나눌 수도 구별할 수도 없었다. 이민을 와서 바쁘지 않다고 생각하며 살았지만, 서울에 남아 정신 없이 산 친구들과 결국은 다를 바 없었다. 소중한 것들을 놓쳐버리고 의미 없게 만드는 일들은 어디서나 같았다. 이민을 와서 다시 시작하니 그만큼 기회도 많았지만 끝내 붙잡지 못하고 사라져 버렸던 일들은 오히려 더 많았다. 이민은 나에게 은퇴한 듯 살 수 있게 했지만, 은퇴할 수 없었던 고국의 친구들과 무엇이 달랐는지 말할 수 없으니, 나의 은퇴는 없었던 게 맞다. 부단히 은퇴하려 했던 나만 있었을 뿐이다. 이렇듯 나의 은퇴는 낯선 외국인이 서툰 모국어로 말하는 것처럼 불안하기만 했다. 은퇴한 듯 살아온 내 모습은 은퇴하지 못하는 또 다른 나를 선명하게 드러낼 뿐이었다.

길 위에서 길을 묻듯, 은퇴한 듯 살면서 또 다른 은퇴를 꿈꾼다. 그 상상은 너무도 하찮고 개인적이어서 부끄럽기까지 하다. 내가 아주 오래 전부터 꿈꿔왔던 한국에서의 다른 삶이란 이런 것이다. 야구장을 걸어서 갈 수 있는 어느 동네에 작은 가게를 낸다. 무엇을 팔든 일주일에 두세 번은 야구장을 가기 위해 문을 닫을 수 있는 업종이어야 한다. 근처에 초등학교가 있다면 문방구점도 좋겠다. 중산층 주택가라면 철물점이나 전파상도 좋다. 야구장을 가면 치어리더들이 혼을 빼는 응원석과는 멀리 떨어진, 그러나 외야수들을 가장 가까이서 볼 수 있는 자리에 나만의 지정석을 만든다. 저마다 자기 자리에서 두 다리를 벌리고 허리를 숙인 채, 모자를 눌러쓴 긴장한 선수들의 눈빛을 본다. 저 각도와 자세가 몸에 체화될 때까지 그들이 흘렸을 땀과 눈물을 생각한다. 내 시선은 볼을 따라다니지 않고, 선수들의 꿈틀대는 건장한 근육과 흐르는 땀방울들에 꽂혀있다. 타자가 친 볼이 허공 높이 뜨고, 이를 잡기 위해 야수들이 전력 질주를 한다. 내 맘과 몸도 같이 날아가고 또 함께 달려간다. 이미 모든 선수의 기록은 물론 소소한 개인사조차 꿰차고 있는 상황에서, 주위에 혼자 응원 온 팬이라도 있다면, 우연인척 말을 붙인다. 경기 후 야구장 근처의 편의점 야외 파라솔 아래까지 같이 가, 싸구려 쥐포라도 뜯어가며 그날 경기를 복기한다. 때론 해설가가 되어 작전을 비판하고, 때론 감독도 되어 선수를 나무란다. 처음 보는 사람과 익명성을 즐기면서, 난 이렇듯 별 볼 일 없는 무명의 삶 속으로, 또 한 번 은퇴를 꿈꾼다.

중년, 담담하게 버티는

남반구의 대륙에 겨울비가 내린다. 고국의 장맛비보다 더 길게, 그칠 듯 내리다, 또 내린다. 내리는 빗속의 세상에서는 살았던 곳도, 사는 곳도, 살아갈 곳도 구분되지 않는다. 호주도 한국도 하나가 된다. 살아보지 못한 다른 곳은, 고국에 대한 향수였다. 살아가고 있는 지금은, 이곳에 대한 회한이었다. 어떤 모양으로 살든지 희망과 좌절, 기쁨과 설움이 되풀이되는 다른 모습의 같은 싸움터일 뿐이다. 어느 곳에서 살든지 땀과 눈물로 얼룩진 빛과 그림자가 공존하는 곳들이다. 오늘도 난 책임질 것도 꼭 해야 할 것도 없는 현실에서, 은퇴하지 못하고 또 다른 은퇴를 꿈꾸며 은퇴한 듯 산다.

이국에서의 또 다른 시작

이국에서 또 다른 출근을 시작한 지 얼마 되지 않아서였다. 아내는 친지와 전화 도중 내 안부를 묻는 말에, 회사 일이 늘 바쁜 것 같다고 말하고는, 잠시 후 생소한 느낌이 들었다고 했다. 같은 장소 같은 시간에 출퇴근 하는 남편의 상황을 이야기 하는 것이 얼마 만인가 하는 생각 때문이었다고 했다. 새삼스 러웠고 뿌듯한 느낌 같았다고도 했다. 서울에서는 치열하지 만, 남들에겐 괜찮아 보일 대기업에서의 직장생활을 이십여 년 동안 했다. 하얀 와이셔츠에 단정히 넥타이를 매고 했다. 시 드니에선 숲에서 나무와 씨름하면서 벌레에도 물리고 비도 맞 아가며 일하는 아웃 도어 직장을 칠 년간 다녔다. 새벽에 출근 하면 흙먼지 묻힌 작업복을 입고 오후에 들어오는 내가 아내 는 안쓰러웠을 것이다. 아무에게도 먼저 얘기하고 싶지 않은 사실이 되었을 테고, 아내의 마음엔 멍울이 서게 되었을지도

중년, 담담하게 버티는

모르겠다. 서울에서처럼 매일 양복을 입지는 않아도, 같은 일터로 단정히 차려 입고 출퇴근하는 지금의 일상이, 아내의 보람이나 의미가 될 수도 있다는 생각은 나에게도 새삼스러웠다. 중년을 넘기며 먼 타국에서 시작한 작고 평범한 또 다른 나의 일들로부터 행복의 의미를 느끼는 아내가 낯설었지만, 그 마음을 이해할 수 없는 것은 아니었다.

호주 와서 두 번째다. 처음 7년간은 시드니에서 호티컬쳐를 공부하고 부시 리제너레이터로 일했다. 그 다음은 멜버른에서 덴탈 테크너로지를 공부하고 테크니션으로 일을 시작했다. 그때나 지금이나 직업으로서의 일자리보다는, 일 그 자체로서의 일거리를 찾았다. 하나 테크니션으로의 현장은 훨씬 절박했다. 동료들에겐 일자리나 일거리가 구분될 수 없었고, 단지 모든 것이 치열한 생존의 과정일 뿐이었다. 직원 중 상당수는 합법적인 거주를 위한 비자를 담보로 얽혀 있는 사람들이었다. 그것이 모든 이유가 되지는 않겠지만, 세계에서 제일 살기 좋다는 도시 중 하나에서 부끄러운 일들이 벌어지고 있었다. 보상받지 못하는 시간 외 잔업과 심지어 무급 휴일 근무도 있었다. 정해진 시간에 일이 끝나지 않으면 야근은 당연하게 여겨졌다. 합법적인 연월차에 해당하는 리브도, 일이 많아 바쁘다는 이유로 대부분 사용할 수 없었다. 능력에 따라 개별적으로 임금이 결정된다는 핑계로, 한번 책정된 임금은 거의 오르지 않았다. 입사한 직원들의 상당수가 일년을 넘기지 못하고 회사를 떠났다. 그래도 끊이지 않고 고용주 비자를 원하는 인력들은 회사 앞에 줄지어 있었다. 공정치 못한 대우와 무기력한 수용만이 있었다. 서로의 절망 앞에서, 모두는 낯선 타인일 뿐이었다. 강요한 사람이 아무도 없었듯이, 누구도 저항하지 않았다.

쉰다섯이 넘어 시작한 또 한 번의 낯선 공부를 마치고 풀타임 일을 곧바로 시작할 수 있었던 것은 거의 천운에 가까웠다. 모든 덴탈 래버러토리는 경험이 있는 테크니션만을 뽑았다. 갓 졸업한 자들은 경험이 없다는 이유로 도전할 기회조차 없었다. 졸업생들은 취업을 포기하고 다른 직종으로 발길을 돌렸다. 취업 시장은 해외에서 유입되어온 유경험자들만의 리그가 되어 있었다. 학교의 추천으로 정말 다행히 일을 시작할 순 있었으나 모든 것이 낯설었다. 이삼십 대가 대부분인 동료들과는 생각도 몸짓도 많이 달랐다. 출신 국가나 처한 상황이 모두 다르니 서로가 이해하고 소통하기도 쉽지 않았다. 아침 해가 뜰 때 회사 문을 들어가면, 어두워진 후에야 퇴근을 했다. 오래 전 한국에서 끝마쳤던 마치 머슴살이 같던 직장생활이 다시 내 인생으로 들어왔다. 똑같은 행동을 지속해서 반복하기만 하는 일상은, 마음도 생각도 다 내려놓아야 한다는 명상과도 같았다. 하나 출퇴근하는 기차 안의 시간과 또 그 시간만큼 걸어서 집으로 돌아오는 과정은, 그 낯섦과 불편함을 상쇄하고도 남을 만큼 큰 즐거움을 주기도 했다. 오십 대 후반에 또 한

중년, 담담하게 버티는

번 시작한 나의 출근은 그렇듯 아름답지도 추하지도 않았다. 그저 같은 듯 다르게 찾아온 또 하나의 일상일 뿐이었다.

중년에 시작한 또 다른 낯 선 일상도 강물처럼 쉼 없이 흘러 흘러 어딘가로 가겠지만, 그 속의 난 너무도 얕은 생각과 가벼운 행동 사이에서 늘 맴돌기만 했다. 고용주는 고약하게 이윤에만 집착했고, 때론 천박하게 인종차별적 운영을 교묘하게 해댔다. 그러나 누구도 말하지 않았고, 그것은 비난보다 오히려 더 잔혹하게 되돌아 왔다. 침묵할 때의 무력감과 답답함은 절망적이었다. 하나 어쩌겠는가. 누군가에게 이토록 생뚱맞고 서글픈 전쟁터 같은 곳이, 누군가에겐 그토록 들어와서 함께 일하고 싶은 삶의 터전인데 말이다. 불과 얼마 전 바로 내가 그랬듯이 말이다. 내 일터의 거친 모습과 호주 숲과 강의 평화로운 풍경은 따로 또 같이, 하나가 된다. 호주에서의 또 다른 시작은, 낯설고 어색한 그저 또 다른 삶의 모습들이었을 뿐이다.

적게 버는 대신 여가는 늘어나고, 그 시간만큼은 온전히 즐기며 살 수 있으리라 생각했다. 그런 여가의 즐거움마저 돈으로 구매하기 위해 노동을 해야 하는 무참함에서는 벗어나고 싶었다. 어디서든 남들 앞에서 싫은 소리 안 하고 배려하는 것이 잘사는 것인 줄 알았다. 그러나 남는 것은 허망한 현실과 돌아오지 않을 나의 소중한 시간뿐이었다. 힘없는 나의 배려는 굴복과 다르지 않았고, 늘 괜찮다고 습관처럼 말하는 나의 목소리는, 괜찮지 않은 나의 심경을 드러냄에 불과하였다. 이제는 싫은 일은 안 하고, 싫은 사람은 안 만나고 살아도 되는 지점까지 살아오지 않았을까. 서운하지 않을 만큼 무심하고, 부담스럽지 않을 정도만 배려하면서 말이다. 지금 내가 마주하고 서 있는 풍경 한 조각이 내가 누릴 수 있는 최고의 시간이며 최선임을 잘 안다. 하고 싶어서 마음이 설레는 일들이 나에게도 있었다. 젊었던 시절은 직장 일이 그랬었을 테고 지금은 글쓰기가 그렇듯, 생업처럼 다시 시작한 나의 일에서도 그럴 수 있기를 기대한다. 호주에서의 또 다른 시작이 답답함과 무력함을 넘어, 즐거움과 보람 있는 중년의 일터가 되길 소망한다.

중년, 담담하게 버티는

이순의 길목에서

   오늘도 어제처럼 아침 햇살은 너무 맑아 공기 속 입자들이 보일 것 만 같다. 유리창 밖 세상은 제법 차가울 텐데 햇살 때문인가 기차 안은 계절감을 잃어 버릴 듯 온기가 전해져 온다. 메도우뱅크를 지나 철교 위에서 내다 보이는 풍경은 정지된 평화로운 한 폭의 그림 같다. 로즈와 웬트윌스의 고층 빌딩 너머에 아침 하늘은 그냥 파란 물감을 엷게 풀어 놓은 듯 투명하다. 철로 변 나무들 위로 내려 앉은 햇살은 탱글탱글 튀어 오를 듯싶고 녹색의 나무들 위로는 하얀 구름을 몇 점 품은 파란 하늘이 편안하게 펼쳐져 있다.

   육십이다. 세상엔 나보다 덜 살아본 사람들이 훨씬 많고 내 인생은 살아온 날보다 앞으로 남은 날이 많이 적다. 환갑이다. 살아가는 시간을 나누어 이름을 붙이고 의미를 부여하기엔 그저 묵묵히 흘러만 가는 지금의 시간이 주는 무심함에 무력해진다. 이순이다. 이만큼 살면 사람은 어떻게 변하고 어떤 모습이 되어야 한다는 식의 말들이 때론 낯설고 또한 부끄럽기도 하다.

세상 모든 일에 혹하지 않으며 살 수 없었던 마흔 언저리의 삶들이 있었다. 하늘의 뜻은커녕 같은 지붕 아래 살던 사람들의 마음 조차 제대로 읽지 못했던 쉰 살의 나의 모습들도 있었다. 이렇듯 내 지나온 모습은 세상의 잣대에 못 미쳤었다. 그래서 겉으론 무심한 척 했지만 속으론 부끄러워하지 않을 수 없었다.

육십 년을 살면 인자한 미소와 너그러운 마음은 부수적으로 따라오는 줄 알았다. 남의 말은 늘 진지하게 들어주고 내 말은 적게 하게 될 줄 알았다. 미혹이나 지천명은 원래 믿지 않았지만 이순만큼은 될 것 같았고 그래서 그 때의 내 모습이 은근히 궁금도 했었다. 둥글둥글 모나지 않아 세상 일에 그다지 민감한 반응을 보이지 않으면 세상은 얼마나 다른 모습으로 보여질까? 적당히 무르익은 나의 내면과 외면은 과연 어떤 모습으로 변해 있을까?

나이 육십이 되어서도 나는 늘 "다녀오세요"라는 아내의 다정한 배웅을 받으며 윤이 나는 검은 가죽가방을 들고 룰루랄라 출근하는 꿈을 꾸었다. 점심시간을 기다리며 '오늘은 무얼 먹지' 행복한 고민도 하고, 저녁 6시면 칼퇴를 하는 곳에서 일하며 월급날을 기다리는 꿈도 꾸었다. 나에게 이런 생각들은 이제 더 이상 꿈이 아니라 현실이 되었다. 꿈이 이루어 진지는 벌써 몇 년이나 되었다. 그러나 꿈 속에서 나는 또 다른 꿈을 꾼다. 사회 질서를 생각할 때 조금은 면구스런 나이임에도 이리저리 이력서를 들이 밀며 얼마나 애면글면 했던가. 나를 특별히 생각해 불러 주는 곳은 현실에 존재 하지 않았다. 아직 정신적으로나 육체적으로나 생생하고 팔팔한데 몰라주는 사회가 잘못됐다고 억울해 하기도 했다. 그러다 마침내 사회의 눈높이와 타협을 하고 공부도 해서 꿈꾸던 일터로 연착륙했다. 그 때의 감격은 결코 잊을 수 없다.

은퇴할 나이에 신입 사원 같은 입장으로 일터에 선다는 것은 많은 것을 무장해제 시켰다. 더욱이 그 일터의 동료나 선배가 대부분 자식 나이 또래의 젊은이들이면 자존심이나 인내의 범주를 넘어설 때도 빈번했다. "GAP THE MIND". 매일 아침 기차를 기다리며 플랫폼에 서면 발 밑에 쓰여져 있는 말이다. 하루에도 몇 번씩 일터에서 이 말을 떠올리곤 한다. 다름이 발견되면 차이를 인정해야 한다. 나의 부족함을 쿨하게 내 보이는 용기가 필요하다. 머리는 쉼 없이 이러한 주문을 자신에게 쏟아 내는데 내 얼굴의 표정과 몸 짓은 따라가지 못했다. "아니야. 내 경험으로 볼 때 이럴 땐 이렇게 하는 게 맞아. 다시 한 번 생각해 봐. 상대를 생각해야지. 조직은 씨스템이 움직여야 되는 거야. 더 큰 다른 회사는 모두 이렇게 하고 있어" 나의 오래된 경험은 늘 맞는다고 생각하는 편견에서 벗어나지 못했다. 때로 주위의 지적이나 충고라도 들을 땐 머릿속은 공황에 빠졌다. 이성적인 대응은커녕 어찌할 바를 몰라 그 상황을 벗어나기 급급했다. 아니면 내가 정당하다고 장황하게 설득하려 들어서 상대를 곤경에 빠트리기도 했으리라. 그저 고집 세고 편협한 어른이 되어 버렸던 것은 아닐까. 그러다 시간이 조금만 지나면 다시 자기 합리화의 도그마에 빠졌다. 저변엔 섭섭함이 깔려있었다. 어떻게 하면 그들을 설득할까를 몇 번이고 되씹었다. 자신의 생각이 분명히 논리적이고 합리적이기까지 하다고 확신했으리라. 그러면서 내 나이가 가져야 하는 인자함과 너그러움은 무너져 가기만 했다. 내 나이가 되면 자연스레 따라오는 줄 알았던 품격과 인품 같은 건 어디에서도 찾아볼 수 없었다. 이순은커녕 미혹도 지천명도 먼 다른 나라 이야기였다.

남들은 은퇴를 하는 나이에 재 취업을 하면 여유로운 시간만큼 삶의 모습도 그렇게 되려니 생각 했다. 주위 눈치 덜 보고, 하고 싶은 말을 할 수도 있고, 남들도 경청해 주리라 믿었다. 나의 경험은 최소한 들어줄 가치 정도는 있으리라 믿었다. 육십이 되었고 지금 나의 모습은 생각처럼 전개되지 못하고 있다. 나의 내면의 품격은 여유롭지도 둥글둥글하지도 않다. 오히려 이순의 모습은 남의 일처럼 낯설고 더 멀어지고 있는 듯싶다.

중년, 담담하게 버티는

울룰루에서 묻는 일상의 답

시드니에서 두 번째 이민과도 같았던 천 킬로미터가 넘는 빅토리아 주로의 이사를 끝낸 후인 지난 어느 여름, 멜버른에서의 나의 삶은 지지부진을 면치 못하고 있었다. 이미 중년을 넘어간 나에게, 새롭게 바뀐 환경은 모든 걸 외국어처럼 다시 낯설게만 했다. 가멸찬 현실에 속수무책 이던 나의 알량한 열정은 가뭇없이 스러지고 있었다. 인적이 끊긴 호젓한 곳에서 홀로 있고 싶었고, 또 어디론가 멀리 길을 떠나고 싶었다.

쉰다는 것은 결코 쉽지 않다는 것을 잘 안다. 쉬고 싶어서 떠났던 여행에서 오히려 큰 피로만 얻었던 경험을 많이 기억한다. 내가 이제까지 보고 듣고 알고 있던 것과 다르다는 이유만으로, 낯선 곳에서 만나는 새로운 환경에 나는 늘 불안했고 또 불만족스러워 했다. 네트워크처럼 복잡하게 얽혀져 있는 내 안의 감성은 자동화된 프로그램처럼 즉각 판단하고 쉽게 분노하며 행동했다. 낯선 곳에서조차 왜 그냥 바라만 볼 수 없는 것일까. 판단하지도 평가하지도 말고 그렇게 쉽게 반응하지도 않을 순 없을까. 그래서 늘 홀로 쉬기 위해 멀리 떠나고 싶기도 했지만 때론 그러고 싶지 않기도 했다. 허나 결국은 벗어나고 싶어 하는 일상이라는 그 질곡의 운명을 받아들여만 했다.

울룰루(Ulrulu). 수천 년 전부터 호주 원주민인 아보리진들이 "그늘이 지난 곳"이라는 성스런 의미로 불렀던 이름. 140년 전 유럽인들이 처음으로 이 돌을 발견하곤 당시의 총독 이름을 따서 붙인 또 하나의 다른 이름 에어즈락(Ayers Rock). 호주 대륙의 정 중앙 사막에 솟아있는 이 세상에서 제일 큰, 한 개로 이루어진 이 바위 덩어리는 표면의 철분이 산화되어 온통 붉은 빛이지만, 일출과 일몰 시는 태양 빛의 산란과 어우러져서 진한 핏빛으로 물들고, 시간에 따라 그 색이 수시로 변한다. 그 곳 앞에 서서 서울의 남산 보다 높은 그 거대함과, 여의도 보다 넓은 그 웅장함에 난 한 번 놀랐고, 뒤로 물러 나와서 바위와 노을의 붉은 빛이 사막의 건조한 바람과 뜨거운 공기 속을 통과하면서 보는 위치와 시간에 따라 그 색을 달리하는 오묘함에 난 두 번 놀랐다.

수만 년 전부터 이 땅에서 살아온 원주민들에게 이곳은 세상의 중심이었고 숭배의 대상임과 동시에 그들만의 정신이 담겨 있는 신성한 곳이기도 했다. 그래서 원주민들은 그 위를 올라가지 않는다고 한다. 관광객들에게도 제발 올라가지 말아달라고 그들의 가이드북과 안내판에서 호소하고도 있다. 허나 겨우 수백 년 전부터 이 땅에서 살기 시작한 유럽인들은 관광 수입을 위해 올라가라고 추천한다. 바위에 거대한 쇠말뚝을 박고 로프를 매달면서까지 올라가라고 부추긴다. 울룰루가 그토록 붉은 이유는 철분 때문이 아니라 무례한 인간들의 행동이 부끄럽고 당황해서 달아오른 것은 아닐까. 붉은 바위에 빗물이 흘러내리고 그 자리에 회색 빛 선명한 자국들이 줄을 이어 내려오는 것은 원주민들과 그들의 조상들이 흘리는 안타까움의 눈물은 아닐까. 녹이 슨 쇠 표면이 파편처럼 떨어져 나가듯, 지금도 울룰루 바위 표면들은 툭툭 떨어지고 무너져 내린다고 한다. 인간들의 무례한 행동을 꾸짖는 원주민들의 조상들이 보내는 경고처럼 말이다. 수억 년의 세월 동안 땅은 솟아오르다 가라앉고, 또 물은 들어오다 빠져 나가기를 수없이 반복하는 동안, 세월의 티끌과 흔적들은 켜켜이 쌓이고, 다시 또 비바람에 씻기고 쓸려 나가며, 지금의 단단한 바위만 남았으리라.

갭이어를 보내고 있던 막내 딸과 단 둘이어서 호주 대륙 사막 한가운데로 캠핑 여행을 떠나자는 용기가 어떻게 들었는지 모르겠다. 대학을 들어가고 집을 떠나 독립을 하면서 딸과 아빠는 또 다른 상황에 직면하게 되었다. 생물학적으로나 사회생활이라는 측면에서 모두 서로간의 관계 재정립을 요구 받고 있었다. 지금까지는 생각해보지 않았던 서먹함과 낯섦이 둘 사이 빈번히 등장했다. 그렇게 성인이 된 딸아이와의 새로운 관계에 익숙해 져야 한다고 강요 받고 있었다. 모든 틈은 깨진 상처인 동시에 빛이 스며드는 통로인 것처럼 성인이 된 딸과의 벌어진 틈에 또 다른 빛이 들어와 자리 잡기를 바라는 소망이 있었다. 훌훌 모든 걸 내려놓고 떠났다. 단지 특별하고 이국적인 풍경을 만나기 위해서가 아니라, 일상을 벗어난 자리에서 나를 돌아보고 싶었다. 그러면 변화할 수 있을 것 같았고 삶의 의미 같은 것도 찾을 수 있을 것만 같았다. 습기가 빠져버린 메마르고 가벼운 바람을 맞고 싶었다. 찢어질 듯 팽팽한 파란 하늘 아래 서 있고 싶었다. 떠났다.

따가운 햇볕이 날카로운 송곳처럼 피부를 찔러대는 사막의 여름. 태양의 폭염과 달아오른 모래가 뿜어대는 엄청난 열기에 내 몸 안의 모든 감각도 생각도 멈추었고, 내 밖의 세상 모든 것들도 멈춘 듯 했다. 그러나 태양이 땅 밑으로 숨어 들어가기 시작하고, 스멀스멀 어둠이 대지를 뒤덮고 나자, 완전히 다른 세상이 펼쳐졌다. 문명의 불빛이 하나도 없는 완벽한 어둠 속에서만 원시의 하늘과 별들이 찾아온다고 한다. 멀고 깊은 저 아득한 어둠의 공간에서, 하얗고 붉은 별들과 노랗고 푸른 별들이 쏟아져 내린다.

침낭처럼 생긴 일인용 텐트인 스먹(Smug)의 차가운 바닥

중년, 담담하게 버티는

에 등을 대고 누워, 내 몸 안으로 파고들어오는 별빛을 온전히 받아들인다. 별들이 떠나버린 검푸른 하늘의 빈자리에는 아무 것도 없다. 하늘 너머 저 먼 빛들이 그 빈 구멍을 통해 흘러나 와 반짝거릴 뿐이다, 대륙 한가운데 떠있는 하늘의 별들은, 태 어나서 떨어지고 없어지면 빛으로 또 태어난다. 쉼 없이 떨어 지는 별들을 따라 검푸른 하늘빛들이 무진장으로 뒤따라 쏟아 져 내린다. 수만 년 전 원주민들에게 내리던 그것처럼, 새로운 시간의 빛들도 낯선 이방인들의 머리위로 거듭 쏟아져 내릴 것 이다. 어디 하나 숨을 곳이 없었다.

울룰루. 그 곳에서 난 쏜살같이 내달리기만 하는 세상의 어 지러운 속도를 붙잡아 매어 두지는 못했어도 잠시 피할 수는 있었다. 그 곳에서 난 어느 한 순간 푹 젖어서 축 늘어져 있던 마음을 조금이나마 말릴 수 있었다. 해가 지는 어느 시간의 모 퉁이에서 내가 바라봤던 그 곳 세상은, 일상에 지친 내 몸과 마 음을 위로하기에 넉넉했다. 대륙 한가운데의 사막에서 나의 존 재는 충분히 감춰질 수 있었고, 그 속에서 난 편안할 수 있었다.

그러나 어쩌랴. 세상에서 멀리 떨어져 나와 혼자가 될수록, 육체와 정신이 자유롭고 평화로울수록, 내 존재의 자의식은 더 욱 오롯해 지기만 하고 점점 더 심란하고 치열해 지기만 하는 것을. 문득 자신을 진정으로 편하게 숨길 수 있는 곳은 은둔지 가 아니라 도시의 사람들 속인지 모르겠다는 생각이 든다. 꼭 물리적으로 혼자 있어야만 숨을 수 있는 것은 아닐 것이다. 의식적으로 그 공간을 내 것으로 삼을 수만 있다면 어디서든 가능하리라 생각한다. 울월스와 콜스에서 트롤리를 밀고 나오는 대열의 가운데에 섞여서, 맥도날드와 스타벅스의 주문대 줄 뒤에 서서, 콩나물처럼 사람들이 빽빽이 들어선 출퇴근길의 전철 플랫홈 위에 섞여서 말이다.

현실적 삶의 공간이 끝나고 다른 생이 존재할 것만 같았던 사막의 지평선 너머를 바라보던 나의 뒷모습이 궁금하다. 홀로 있을 수도 없고 숨을 수도 없었던 사막의 밤하늘 너머 나의 시선이 끝나는 그 곳을 바라보던 내 뒷모습이 보고 싶다. 모든 걸 다 버리고 새로운 인생을 살아보자고 이민을 왔지만, 너무 억울하다고 이미 너무 늦었다고 속수무책으로 무너져 내렸던 때. 이렇게 살 수도 없었지만 이렇게 죽을 수도 없다고 전전긍긍 할 때. 새로운 공간으로의 이동은 일상의 소중함을 만나게 했다. 누구나 떠나고 싶어 하지만 아무도 벗어나지 못하는 일상에 답이 있음을 알려 주었다. 딸과의 벌어진 틈 새로 팽팽한 하늘이 열리고 시원한 바람이 들어오고 따사로운 아침 햇살이 깃드는 날이 다시 찾아 올 수 있을까. 수명이 다해가는 삐거덕거리는 몸뚱어리로도, 덤덤하고 담담하기만 할 도시의 소소한 일상을 다부지게 버텨내면서, 늘 평화로운 마음과 자유로운 영혼을 잃지 않는 그런 황혼이고 싶다.

산티아고 길에서 만난 나

이베리아 반도의 스페인 북부를 가로지르는 족히 이천 리나 되는 멀고도 긴 길을 걸었다. 내 앉은키보다 큰 50리터의 배낭을 메고 한 달에 걸쳐 매일 걸었다. 발바닥은 생살과 굳은살이 몇 차례 뒤집혀지기를 반복했고, 무릎 관절의 통증은 보호대로도 부족하여 압박붕대를 동여매야만 했다. 10킬로가 넘는 배낭의 어깨 끈은 날카로운 칼이 되어 어깨 근육을 후벼 파내는 듯 했다. 허리는 곧추 세워 걸을 수조차 없었다. 걷는 내내 비를 안 맞은 날은 손가락을 꼽을 정도였고, 해발 천 미터가 넘는 산악지대에선 눈보라와 우박을 동반한 거친 비바람에 한발을 내딛지 못하고 속수무책이기도 했다. 끝없이 녹색의 밀밭만이 펼쳐져 있는 고원에선 태양의 폭염과 불꽃같은 열기에 세상도 나도 모두 멈춰 서 버린 듯 했다. 묽은 소똥으로 뒤범벅이된 진흙탕 길을 일주일 내내 장대비를 맞으며 걸을 땐, 육체적 고통도 마비된 듯 아무런 통증도 느낄 수 없었다. 단지 한발 한 발 내딛는 발걸음만이 살아있음의 확인이었다. 왜 그랬을까. 도대체 나는 왜 걸었을까. 쉰다섯 살, 그 삶의 길목에서 힘겹게 짊어지고 그렇듯 고통스럽게 걸어야 했던 이유는 무엇이었을까.

하늘의 명을 기다린다는 나이를 바라보던 때였다. 나는 지쳐있었고 무기력했었다. 늘 불안하고 위태로운 중년의 회사원이었다. 사람들 속에서 20여 년 쉬지 않고 달려오던 나에게, 인생의 신호등은 마침내 빨간 불을 깜박이며 멈추라고 경고를 보내고 있었다. 이렇게 계속 자신을 완전히 소모 시킬 것인지, 나만의 삶을 다시 시작할 것인지를 묻는 자신을, 속수무책으로 바라다볼 수밖에 없었던 힘겨운 시간들이었다. 결국 완전히 다른 인생으로의 변신을 결심한 나는, 대기업 부장이라는 편하고 익숙한 자리를 박차고 나왔다. 10시간 넘게 비행기를 타고, 남반구의 먼 나라로 이민을 감행하였다. 낯설고 물 선 이국의 땅 위에서, 나무를 심고 가꾸는 일을 하기 위해 숲으로 갔다. 강산이 반 이상 넘게 변하는 동안, 매일같이 흙 냄새를 맡고 바람 소리를 들으며 땀을 흘려 일했다. 덜 돌아다니고, 덜 만나고, 덜 생각하고, 덜 말하던, 풍경화 같은 여유로운 시간들이었다.

알고 보면 세상 사람들 모두 처절한 삶을 살지 않는 이가 없

중년, 담담하게 버티는

다고 한다. 생각처럼 그렇게 만만한 인생이란 이 세상에 존재하지 않는다고도 한다. 평화로운 황금 들녘의 추수하는 농부는 한 폭의 그림 속에서만 아름다운 것처럼 말이다. 단조로운 일상에 조금씩 길들여지던 나는 시들어 가고 있었다. 보람 있고 행복하다고만 생각했던 일상 속에서, 하던 대로만 하려 하는 나와, 살던 대로만 살려 하는 나로 인해 윤기를 잃어가고 있었다. 몸이 아니라 마음이 늙어갔던 것이다. 나름 치열하게 인생 후반전을 설계하고 많이 다른 삶을 선택했던 지난 시간들이었다. 그러나 그 속에서, 남에게 보여지는 세상 속의 내 모습이 아닌, 내 속의 나를 보고 싶었다. 있는 그대로의 나, 가장 나다운 나, 그러한 또 다른 내가 과연 있기는 한 걸까. 정말 찾을 수 있을까. 진짜 만날 수도 있는 것일까. 더는 주저하며 미룰 수도 없고 더는 모른척하며 무시할 수도 없는, 또 한 번의 힘겨운 선택의 시간들이었다.

‘산티아고’로 떠났다. ‘멜버른’에서 이륙하여 두 번의 환승과 30시간의 비행 끝에 ‘바르셀로나’에 도착한 나는 5시간을 차로 더 갔다. ‘빰쁠로냐’를 출발하여 이천 리 길을 한 달 내내 걸었다. 낯선 하늘 아래로 공간을 이동해서 단지 먹고 자고 걷기만 했다. 말로 다 표현할 수 없었던 위대한 자연과 아름다운 풍경은, 내 안의 배경이 되어 오히려 내 속을 비추어 보여주었다. 걸으면서 만났다 헤어졌던 수많은 이방인들은, 하늘에서 내려와 순례 길을 외롭지 않게 지켜주는 천사들에 다름 아니었다. "자신을 바꾸거나 최소한 바뀔 수 있는 출발점에 서고 싶다면 산티아고로 떠나라."던 '파울로 코엘료'의 말처럼, 나는 산티아고 순례 길을 걸으며 바뀌어 가고 있었다. 육체의 고통을 참고 견디며 포기하지 않고 걷던 어느 날이었던가, 내 앞에 불쑥 나타나 낯설고 어색한 표정으로 서성이던 누군가도 만났다.

하루라도 비를 안 맞은 날은 손으로 꼽을 정도였다. '갈리시아'지방을 지날 땐 일주일 넘게 매일 빗속을 걸어야만 했다. 신발 밖은 진흙으로 범벅이 되어 한발을 내딛기도 쉽지 않았고, 신발 안은 물이 흥건히 차있었다. 바지 하단과 양말은 짜지 않은 빨래와 같았고, 우비 안은 땀이 너무 많이 배어 한기마저 들었다. 사정없이 얼굴을 때리는 빗방울을 피하기 위해 늘 땅만 보고 걸어야 했다. 나는 쪼그라들어 작은 벌레가 된 듯한 참담한 심정으로 더욱 움츠러들기만 했다. 조그맣게 읊조리던 노래가 점점 커지는가 싶더니, 나도 모르게 질러대는 노래 소리와 울음이 빗소리에 뒤섞여 버렸다. 눈물을 흘리는 것이 아니라 거의 토해내다시피 했다. 오십오 년이나 묶였던 내 속의 무엇이 이렇게 솟구쳐올랐던 것일까. 비록 빗소리에 파묻혀 세상은 듣지 못했겠지만, 빗속에서 목 놓아 울기를 몇 차례 더 했다. 사실 나는 심각한 울음 울렁증이 있었다. 감정의 자제와 표현의 억제가 미덕이라고 배워왔던 탓이었다. 어른스럽고 남자다워야 한다는 지독한 편견 때문이었다. 늘 이성은 앞서갔고 감정은 뒤따르기 바빴다. 그러던 내가 산티아고의 빗속에서 이

중년, 담담하게 버티는

렇듯 무장해제 되었다. 마음 속 가장 깊은 곳까지 뒤집어 엎어 바닥을 보였던 그때, 난 이제까지 내가 알지 못했던 또 다른 나를 보았다.

과거의 회한도 미래의 걱정도 모두 잊어버린 채, 그저 노란색 화살표와 조개껍데기만 보며 걷고 또 걸었던 길이었다. 육체적으로 말할 수 없이 힘들고 고통스러웠지만, 내가 지금 여기서 왜 이렇게 걷고 있는지를 알 수 없어 더욱 불안 해야만 했던 길이었다. 비 오는 그 길 속에서 어느 날 마주쳤던 낯선 중년의 남자. 폭발할 듯 끓어오르던 내 마음 속 바닥은 그칠 줄 모르는 눈물을 쏟아내었고, 아무런 생각도 할 수 없었다. 장대비 속에서 그때 만난 건 바로 또 다른 나였다. 그렇게 만나고 싶어서 찾았던, 있는 그대로의 가장 나다운 나였다. 손 잡아주고 등 두들겨주며 따뜻하게 오랫동안 안아주고 싶었다. 괜찮다고 잘했다고 충분히 좋다고 가만히 말해주고 싶었다. 일상으로 돌아오면 반드시 그 때 그 자리의 감동은 점차 스러져 갈 것임을 잘 안다. 그러나 그 순간의 기억은 내 마음 속 깊이 남아 내 일상에 늘 영향을 미칠 것임을 또한 믿는다. 내 앞의 길들은 늘 나를 통과해 내 뒤의 길로 빠져 나갔다. 비바람이 치던 스페인 북부의 어느 봄 날, 길과 함께 내 속을 쑥 빠져 나와 어쩔 줄 몰라 하며 겸연쩍은 표정으로 부끄러워하던, 그 길 위의 나를 잊을 수 없다. 산티아고에서 만났던 나를 사랑한다.

일몰을 향해 나아가야 했던 길 위에서

　이맘때쯤이다. 끝나가는 남반구의 여름을 뒤로하고 계절을 거슬러 다시 북반구의 봄을 맞으러 떠났다. '멜번'에서 시작하여 '싱가폴'과 '런던'을 거쳐 '바르셀로나'에 도착하는 긴 여정이었다. 하늘로 올라 30여 시간을 보냈으나, 난 단지 어제 저녁에서 오늘 아침으로 옮겨왔을 뿐이었다. 사람들이 사는 곳마다 밝아지고 어두워지는 때가 다른데, 그 이유가 지구가 스스로 돌아서인지, 태양 주위를 돌아서인지, 아니면 중간에 달이 끼어서인지, 처음부터 난 혼란스러웠다. 어마어마한 무게의 쇳덩어리인 비행기가 하늘을 날수 있는 과학적인 이유도 난 제대로 설명할 수 없었다. 나에게 있어 그것들은, 중년의 나이에 신의 존재를 믿으려 하는 것만큼이나 불확실했다. 어둠과 밝음의 이유도, 비행기가 나는 원리도, 공간 속을 움직여 갈 때 변하는 시간의 의미도, 어느 것 하나 확실하지 않았다. 이렇듯 산

중년, 담담하게 버티는

티아고 순례길로 떠남은, 시작부터가 알 수 없는 것들의 연속이었다. 내가 왜 지금 여기에 있는지, 순례 길을 걸어 무엇을 느끼고 어떻게 변할 수 있는지, 그 어떤 것도 상상할 수 없었고, 알지 못해서 또한 말할 수 없었다.

예순을 바라보는 나이. 하루를 한평생이라고 한다면 나는 지금 어디쯤에 와있을까. 열심히 하루를 살고 이젠 집으로 돌아와 쉬고 있는 저녁쯤일까. 아니면 아직도 더 일하고 뛰어다녀야만 하는 오후쯤에 와 있을까. 어쩌면 퇴근은 했지만, '썸머타임'으로 해가 지려면 반나절이나 남아 있어서, 무엇이든지 하지 않으면 안 되는 그런 상황일지도 모르겠다. 중년의 이민. 다시 처음부터 시작하기엔 열정도 능력도 낯선 환경만큼이나 불확실했고, 그렇다고 은퇴하여 마감하기엔 턱없이 이른 시점이기도 했다. 모험과 안주 사이를 오가다 결국 최악을 피한다고 차선을 선택했다. 가족과 노후를 위한 이민의 삶은 단조로운 일상 그 자체였다. 정직한 노력과 육체적 땀의 대가는 경제적으로 소박한 삶을 보상해주었다. 친구들과의 모임이나 사회생활이라는 것이 거의 없다시피 한 이곳에서, 종교와 여행 그리고 글쓰기는 전혀 예측하지 못했던 내 삶의 풍경이 되었다. 그렇듯 시간은 흘러가는 것이고, 그 속의 인생도 지나가는 것이리라.

아이들은 학교를 마치고 품을 떠났다. 이제 다시 인생의 또

한 막이 끝나고 불이 꺼진 듯하다. 객석의 사람들은 다음 막을 기다리며 남아있는데, 무대 뒤의 나는 속수무책이다. 커튼이 오르고 다시 불이 켜지면 또 무슨 옷을 입고 무슨 말을 하며 무대 위에 서 있을지, 난 아직까지 아무것도 알지 못한다. 산티아고 순례길. 그곳은 나에게 다음 막의 시나리오를 보여줄 수 있을까. 배낭을 메고 한 달여 낯선 산과 들을 걷고 또 걷다 보면 찾을 수 있을까. 아무런 확신도 없었지만 가지 않을 수 없었다. 누구도 가라 하지 않았고, 아무도 왜 가냐고 묻지 않았다. 나도 모르게 무엇에 마치 홀린 듯 그냥 떠났다. 그리곤 운명처럼 걸었다.

아직 스페인 북부 '나바라'주의 초봄은 채 자리를 잡지 못하고 늦겨울의 기세에 눌려있었다. 좁은 골목 사이로 흥분한 소와 사람들이 뒤엉켜 뛰어다니는 축제로 잘 알려진 도시 '빰쁠로냐'를 출발하여 걷기 시작했다. 거리의 벽과 바닥마다 분리 독립의 붉은색 선전 문구가 난무했던 '바스크' 지방의 마을들을 지났다. 올리브나무들과 포도나무들 그리고 밀밭으로 뒤 덮인 세상 '라리오하' 지방의 '로그로뇨'를 걸었다. 평균 해발 높이가 천 미터 가까이 되는 황량한 '메세타' 고원을 '부르고스'로부터 시작하여 '레온' 지방까지 오백여리 가로질렀다. 천오백 미터가 넘는 거친 '칸타브리아' 산맥도 넘었다. 비바람과 소똥으로 범벅이 된 진흙탕 길의 '갈리시아' 지방도 뒤로 했다. 걷기 시작한지 한 달이 다 되어서야 마침내 예수의 열두 제자

중년, 담담하게 버티는

중 한 명이자 스페인의 수호성인인 '야곱'의 시신이 있다는 산티아고 대 성당에 도착할 수 있었다. 주체하기 힘든 감동을 그대로 안은 채, 별이 빛나는 들판 산티아고를 출발하여, 유라시아 대륙의 서쪽 땅 끝 마을이자 세상의 끝이라고도 불렸던 마지막 종착지 '피니스테레'에 도착했다.

이미 저만치 봄은 물러나 있었다. 깎아지른 절벽 위 그 곳에서, 대서양의 낯선 바람에 실려 날아간 것은 무엇이었을까. 버킷리스트의 맨 윗줄을 단지 지웠다는 것만으로 덮어버리기엔 육체적 고통의 대가가 너무 컸던 길. 아주 오랜 세월 동안, 셀 수 없이 많은 이들이, 저마다 사연을 마음에 품고, 힘겹게 걸었을 길. 그 들의 눈물과 웃음, 상처와 꿈들이 켜켜이 쌓이고 오롯이 새겨진 길. 그렇듯 긴 시간 저 홀로 깊어지고 그윽해진 산티아고 카미노. 그 길은 나에게 무엇일까. 나는 또 그 길 위에서 무엇일까. 떠나온 나와 돌아갈 나는 다를 수 있을까. 그 어느 것 하나도 난 알 수 없었다. 한 달, 오직 걷기만 했다. 가족이나 사회 공동체라는 이름으로 엮여있는 그 누구도 곁에 없었다. 그 곳으로부터의 어떤 소식도 내게 전해지지 않았다. 다만 세상 속에서 이미 지나가버린 나만이 늘 주위를 맴돌았다.

매 순간 주변 상황에 촉각을 곤두세우고 민감하게 반응했던 나. 끝없이 반복 재생산되는 세상 뉴스도 놓치지 않으려고 챙겼던 나. 먹는 것, 입는 것, 자는 것, 그저 매일 같이 반복하는 똑 같은 일상에도 예민한 촉수를 들이댔던 나. 평가하고 비교하고 판단하며 또한 걱정하고 낙담하고 후회 하던 나. 한 달 걸을 땐 그저 먹고 자고 싸고 또 걷는 일 말고는 없었다. 매일 같이 까맣게 타 들어 가며 살아가던 세상 그곳은 가늠할 수도 헤아릴 수도 없었다. 얄팍하고 막연한 내 이성의 빈약함으로도, 걷고 나면 무슨 깨달음을 얻을 수 있을까. 아니 깨달음이라니. 가당치도 않다. 그저 내 삶과 생각이 조금 바뀌는 계기 정도는 될 수 있을까.

서로 무관하게 흘러갔던 나의 시간들 속에서 난 무력하기만 했다. 지난 삶을 떠올리는 것도 버거웠고, 미래를 계획하는 것은 더욱 불가능했다. 정신을 모아서 생각을 논리적으로 이끌고 갈 냉철함도 집중력도 없었다. 과감하게 지금까지의 자신을 잊고 새로운 모습을 찾아 다시 시작할 용기도 없었다. 한 달 내내 걷는 동안 이러지도 저러지도 못하는 어정쩡함 속에서, 살아야 할 내 세상과 길 위의 나는, 겨우 이렇게 연루되어 있었다. 걸으며 생각하려 애썼던 내 무참했던 기억들이 단지 망각의 어둠 저편으로 너무 빨리 잊히지 않기만을 바랐다. 그래서 간신히 이렇게 기억한다. 생각할 수 없음을 생각했던 한 달이었다고.

새벽에 깼다. 부지런한 순례자들은 벌써 길을 나선다. 매일

중년, 담담하게 버티는

같은 아침식사를 한다. 우유 탄 커피와 바게트가 전부다. 밖은 아직 어두웠고 비가 추적추적 내렸다. 하지만 꾸려놓은 배낭을 짊어지고 길을 재촉한다. 그리 가파른 산길은 아니었지만 계속 오르막이다 보니 쉬이 지쳤다. 하지만 안개 속에서 피어나듯 낮은 구릉을 넘어 오르는 길의 풍광은 참으로 신비롭고 아름다웠다. 평화로웠고 때론 눈물도 났다. 구릉을 넘을 때 마다 어김없이 반겨주던 청량한 바람. 그 바람에 쓸려 일제히 눕고 또 일어나던 푸른 바다와 다름없던 끝없는 밀밭. 그 밀밭 사이로 한줄기 외롭게 하늘과 이어져 닿아 있던 길. 그 길 위를 걸을 때 들려오던 쿵쿵쿵 내 발자국 소리. 그 소리를 이어 숲 속에서 들려오던 끼익 끼익 흔들리는 나무소리와 후드득 떨어지는 이파리 소리. 무지무지한 장대비 속에서 고래고래 소리지르던 30년 전 내 젊은 날의 노래들. 사방 지평선 끝까지 인적이라곤 하나도 없는 외로운 들판의 집 한 채. 파란 하늘에 구름 한 점 거느리지 않고 떠있는 낮달. 이따금 날아가는 작은 새만이 움직이는, 풍경화 같이 멈춰진 세상.

기약 없이 헤어지고 정처 없이 걷다 보면, 꼭 다시 만나고야 마는 인연들. 그들 누구나 다, 누구나 에게나, 한결같이 불러주는 마음의 소리. '부엔 까미노' 그리고 '올라' 힘들다는 것 말고는 아무것도 느낄 수 없어 한없이 낙담하고 후회하던 많은 시간들. 잡념을 잊고 무념하게 걷고 싶어 무수히 읊조리던 주문과도 같았던 그 말. '키리에 이레이존' 생각하면 특별하지도 않았고 화려할 것도 없었던 평범하고 단순하기만 했던 시간들이, 이렇게 바라지 않고 선명해만지는 이유는 뭘까.

문득 생각나고 되돌아오는 시간 속에서 뱅뱅 꼬리를 물고 돌고 돌다 보면 또 다시 거기 '에스텔야'고 '벤토사'고 또 거기 '산티아고'고 '피니스테라'다. 땀내 쉰내 풀풀 풍기며 별별 군상들이 다 부대끼던 신기루 같았던 곳. '알베르게', '크레덴시알', '메누델 뻬레그리노'가 있고 '카페 콘라체', '하몽', '타파스', '뽈뽀', '빠에야'가 난무하던 곳. 한 마리 짐승이나 아이가 되는 사치를 누렸던 곳. 그런데 또 그게 참 부족한 게 없었던 곳. 집도 절도 죽도 밥도 다 떨쳐내고 걸었던 산티아고가 문득 떠오르면 그렇듯 난 모든 것을 멈추고 아무것도 할 수 없었다. 그것은 결코 어떤 도저한 암시도 은유도 아니었다. 무도한 내 삶의 면전에 그저 조용히 나타나, 툭하니 부려다 놓고는 사라지는 것이다. 잊지 말라고. 기억하라고.

길 위엔 많은 사람들이 있었다. 길의 처음에서 그들은 언제나 서로에게 이렇게 물었다. "왜 여길 왔느냐"고. "도대체 왜 걷느냐"고. 그러나 길의 끝에선 아무도 그렇게 다시 묻지 않았다. 그들은 왜 더 이상 "왜"라고 묻지 않는 것일까. 잊어버렸을까. 잃어버렸을까. 아님 더 이상 필요가 없어진 것일까. 그 깊이가 까마득해 가슴이 먹먹해 지기만 하는, 나에게는 끝내 살에 와 닿지 않는 생각이었다.

　　　　　중년, 담담하게 버티는

질문만 무성했던 길 위의 나. 아무런 답도 얻지 못하고 돌아와 일상을 산지 한참이 지났다. 아이들이 다 자라 품을 떠나고 아직 길게 남아있는 내 삶의 다음 무대는 여전히 두려움을 안고 안개 속에 있다. 새로운 무대 위에 설지, 아님 같은 무대를 꾸며 갈지 아직도 난 모른다. 다만 길은 끝난 곳에서 다시 시작하는 것처럼 내 삶도 그러할 것을 믿는다. 그 속에서 만날 멋진 순간들을 소망한다. 소소한 것에 자주 기뻐하고 싶다. 좋아하는 드라마 시작 시간에 알람을 맞추며 설레고 싶다. 그 곳에 털이 날지라도 울다 웃다 또 울다 웃다 그러고 싶다. 늘 무겁고 신중하기만 한 태도. 매일 똑 같이 표정 없는 얼굴. 차라리 어색하고 겸연쩍고 부끄러워하는 게 낫겠다.

일출을 등지고 아주 긴 내 그림자를 앞세우며 걸어야 했던 낯선 이국의 아침 길. 언제나 일몰을 향해 나아가야만 했던 길. 모든 게 부족하기만 했던 산티아고 순례길은, 살면서 꼭 필요한 게 그리 많지 않다는 것을 가르쳐 주었다. 오늘밤 내가 누워있는 이 자리가 가장 편안한 잠자리고, 지금 내가 먹고 있는 것이 가장 맛있는 음식이며, 지금 내가 입고 있는 옷이 가장 편한 옷이고, 지금 나와 함께 있는 눈앞의 사람이 가장 소중한 사람인 것을 알게 해 주었다. 섬에 가면 섬을 볼 수 없듯이, 산티아고를 걷고 나서 한참이 지난 지금에서야, 난 비로서 진정한 순례길 위에 서있는지도 모르겠다.

조애자 와이너리에서의 작은 음악회

　오랜만에 넓고 큰 호주의 하늘을 본다. 아스라이 이어진 녹색의 지평선은 차창 밖으로 밀려가고, 유칼립투스 나무들을 돌아 끝없는 잔디를 훑고 달려온 상큼하고 청정한 공기는 차창 안으로 밀려온다. 아직도 내게는 가슴 설레고 낮 설은 이국의 냄새다. 방금 떠나온 시드니는 벌써 아득히 오랜 기억 속으로 희미해져 가고 모두의 마음은 이미 하늘 저 높이 날아 '조애자'(Joadja) 포도원 저 멀리 가 닿아 있다.

　조애자 포도원은 시드니와 캔버라의 중간쯤에 위치한 해발 750미터로 화산 토양의 고랭지다. 1983년 이곳에선 최초로 15에이커의 땅에 포도나무를 심기 시작했는데 지금은 약 60여 개의 포도원에 6개의 포도주 제조 공장이 있는 아담한 와인 명소로 발전하였다고 한다. 낮에는 온화하나 밤에는 많이 서늘하여 포도들이 서서히 성숙하고 향기와 신선함 또한 오래 간직

　　　　　　　　　　　중년, 담담하게 버티는

할 수 있는 것이 이 지역의 특성이다. 3월 중순부터 시작하여 5월 초순에 걸쳐 포도주를 만들어 내는데 적포도주용으로는 카베르네 쇼비뇽(Cabernet Sauvignon)과 말벡(Malbec)이 있고 백포도주용으로는 샤도네(Chardonnay)와 쇼비뇽 블랑(Sauvignon Blanc) 그리고 최근에 새로이 시작한 피노 그리(Pinot Gris.)가 이곳의 대표 품종들이다.

우리네 시골집을 연상 시키는 고즈넉한 돌담이 처음 도착한 우리를 맞는다. 커다란 오크통에 방향 표시 입간판이 걸려 있는 화단의 낮은 돌담을 지나 안으로 들어가니 '조애자 포도원'이라는 간판이 높은 돌담 중앙의 대문 위에 걸려 있다. 빈야드와 와인너리 사이에는 이미 여러 그룹의 일행들이 음악이 연주되는 간이 무대를 향해 좋은 자리를 차지하고 있다. 우리도 서둘러 자리를 잡고는 곧바로 포도주도 사고 시음도 할 수 있는 곳으로 갔다. 고풍스런 돌과 나무를 이용해 새로 짓고 있다는 셀라 도어를 대신한 임시 장소지만 벽난로와 편안한 소파가 오붓이 자리하고 있는 훈훈한 모습이다. 그 옆에선 벌써 몇몇 사람들이 와인의 향과 맛을 음미하며 주인의 설명을 듣고 있었다.

조애자가 초행길이 아닌 일행 분을 알아보시는 주인 부부에게서 우리는 말로만 전해 듣던 친절한 호주 인을 비로소 만날 수 있었다. 25년 경력의 와인 제조가인 주인은 'Kim Moginie'

인데 우리말로 '김목인'이라고 훌륭히 바꿔지니 더욱 친근함이 들었다. 앞으로는 그를 '주인아저씨' 또는 '김 씨네 포도원' 정도로 불러도 좋겠다는 생각을 해봤다. 그래서 인가? 포도원 이름도 조애자이니 어릴 적 옆집 살던 누나 이름 그것과 너무 비슷하다. 그의 아내인 프란시스는 조애자 포도원 면허를 소유한 주인공인데 와인의 상표를 손수 그려서 디자인 했다고 한다. 기름을 섞지 않은 수성 물감으로 그린 상표는 따뜻한 원색과 합쳐져 수수하고 생동감 있는 한 폭의 명화를 보는 듯 했다.

우리는 포도주 중에서 포도당의 잔류 량이 리터당 5그램 미만으로 가장 드라이하다는 본 드라이 와인으로 백포도주인 소비뇽 블랑을 정했다. 적포도주로는 얼굴도 마음도 모두 예쁠 것만 같은 주인아줌마 프란시스가 강추하는 말벡으로 홀린 듯이 정했다. 지난번과 달리 뷔페 식 안주가 없어 당황해 하던 우리에게 통나무를 화덕 안에서 직접 때 피자를 굽는 파이어 우드 피자는 실망감을 멋지게 역전 시키고 모두의 미각에 두 배의 기쁨으로 남았다.

조애자가 내걸은 오늘 음악회의 제목은 '포도 넝쿨 사이에서 펼쳐지는 작은 콘서트'이다. 포도주 저장 탱크를 배경으로 마련된 소박한 간이 무대에서는 과거와 현재를 어우르는 천상의 소리가 전통의 악기들을 통해 포도원 마당에 내려앉고 있었다. 르네상스와 바로크 시대의 선율에 실려 내려온 소리들은

중년, 담담하게 버티는

현을 타고 미끄러지는 듯싶더니 어느새 관을 통해 아득히 떨리고 이내 건반을 따라 모여든 강하고 풍성한 소리에 스며들어 하나가 되면서 포도 넝쿨 사이로 빨려 들어갔다. 옛날 플루트의 일종인 리코더라는 피리, 15세기 전후의 현악기인 류트라는 기타 그리고 17세기 전후의 소형 쳄발로인 스피넷 이라는 옛날 피아노와 첼로가 모여 만든 소리에 조애자와 모든 사람들은 하나가 되었다.

포도주는 단지 물리 화학적인 변화로 그 소명을 다하지는 않는다. 어떤 장소에서 어떤 사람들과 함께 하느냐에 따라 사랑이 되기도 하고 인생이 되기도 한다. 오늘 조애자에서의 포도주는 우리 모두의 가슴에 '일탈'이라는 '메토이소노'(聖化-거룩하게 되기)가 되었다. 어느 일행 분께서 안타까워하던 것을 어찌 정확히 헤아릴 수 있겠냐 마는, 길지 않은 이생에서 감성이 가져다 주는 일탈을 소중히 받아들이자는 것이겠다. 키엔마로 옮겨와 마주한 남태평양의 어둠 속에서 우리는 비바람을 맞으며 둘러 앉아 포도주 잔에 또 다시 일탈과 인생을 실었다. 실리지 못한 것들은 파도 소리에 묻혀 어둠 속으로 사라져가고 가슴에 남겨진 일탈은 현실과 이성이라는 벽과 부딪혀 분분히 부서지며 몸 속으로 스며들었다.

돌아오는 태평양 연안의 하이웨이는 어둠과 고요에 잠겼지만, 차 안의 일행은 아직도 일탈이라는 화두를 놓지 못했다. 안타까움은 공허하게 제자리를 맴돌았고, 열정은 점차 사소하고 명료한 언어로 바뀌어 갔다. 세상의 관습에 오랫동안 익숙하게 길들여진 우리는 초라하고 나약하고 약아빠진 졸개에 다름 아니었다. 문정희 시인은 '이 세상에서 멋지고 당당한 잡놈을 추방해버린 이 시대의 가장 큰 실수를 여성운동가들이 저질렀다'고 했지만, 이를 스스로 받아들이고 포기한 조금 덜 멋지고 조금 덜 당당했던 잡놈들에게 더 큰 책임이 있지 않을까. 그래서인가? 비루하고 치사하고 던적스러운 유전자를 갖은 잡것들만 이세상에 남겨진 듯싶다는 시인이 말이 오래 아팠다.

조애자 포도원과 작은 음악회 그리고 키엔마의 남태평양 저녁 바람과 일탈의 열정, 이들과 함께 했던 그 해 가을의 기행은 내게 있어 이제 전설이 되었다. 오늘, 그렇게도 절박했던 것들을 내일, 기억할 수 없다면 그 까닭은, 보다 더 절박한 것들이 보다 덜 절박한 것들을 지워버렸기 때문이라고 한다. 부디 오늘 절절했던 이 가을의 전설이 보다 덜 절박한 것이 되어 지워지지 않기를 바래본다.

중년, 담담하게 버티는

나이 먹음 그리고 걱정

숲에서 보는 여름의 아침은 녹색의 천지다. 밤새 녹색은 소리 없이 그 빛을 더하며 짙어져 새로움을 더한다. 집에서 불과 몇 미터 떨어지지 않은 가까운 곳에 그것도 도심 안에 이런 숲을 갖고 있는 시드니는 경이롭기까지 하다.

나뭇잎 사이로 내려앉는 아침 햇빛을 보면서 바람소리, 새소리, 물소리에 숨죽여 버린 진정한 숲만의 소리에 귀 기울여 본다. 그저 녹색의 나무와 흙 냄새와 바람과 고요함뿐인데 이렇게 행복할 수 있다니! 나이 먹어 가면서 쉽게 감동하게 되는 나는 너무 흔하고 평범한 것에도 자주 마음을 내준다.

시드니의 숲은 언제나 여름일 것만 같다. 화려한 뒷산의 봄꽃들도, 장엄한 가을 산의 단풍 모습도 그들 계절이 짧고 애매해서인가 기억이 가물 하다. 북반구에서 살았던 사람들에게는 정말 어색하지만 이곳의 여름은 한 해를 보내고 맞으며 또 한 살 나이를 먹는 계절이기도 하다.

인생 오십부터는 후반전이라는 말이 있다. 지천명의 나이를 넘어 또 한 살 먹는 나에게 있어 그럴듯한 표현이 아닐 수 없다. 지금까지와는 다른 방법과 태도로 후반전을 살아야 하고 더욱이 그 삶은 스스로가 만들고 행동하는 자기 주도 방식이어야 한다는 정의는 더욱 그럴 듯 하다. 그러나 인생 이모작의 성공 사례들이 부러움과 환호를 받으며 세상에 나올수록 대다수 사람들은 오히려 상대적인 박탈감과 함께 조급함과 불안감 속에 빠진다.

이십여 년을 하루 종일 직장에서 관리 당하며 살던 내가 이제 스스로를 관리해야 하는 새로운 상황에서 어찌 두렵지 않겠는가? 아무런 꾸밈없이 그저 내 자신으로 돌아간다는 것이나 아무 것도 아닌 사람이 된다는 것은 그저 단순히 기쁜 일일 수만은 없다. 후반전은 더 활기차야만 한다는 명제 앞에서 누가 자신할 수 있을까? 깊은 태클은 계속되지만 집중력도 기운도 떨어지면서 더 심각하게 쓰러지고 더 크게 다칠 위험은 후반전 내내 지친 심신을 괴롭힐 것임에 틀림없다. 그럼에도 불구하고 나는 삶의 위기에서 이제까지 나도 몰랐던 놀라운 능력이 새로 나타나 멋지게 위기를 극복할 것을 또한 믿는다.

나이 들어 늙어진다는 것은 낡아진다는 것과 진배없다. 어

중년, 담담하게 버티는

느 날 아침 잘 굽혀지지 않는 손가락을 주무르며 새로 시작한 일 때문인지, 퇴행성 류머티즘의 시작인지가 궁금해서 혼자 인터넷을 조사한다. 오래 걷거나 운동을 할 때 무릎 관절 보호대를 바지 속에 남몰래 차고 나가곤 한다. 멀리 보이는 자연은 선명한데 눈앞에 책은 흐릿해지고 침침해진다. 한 시간만 책을 읽으면 내용에 감동받아서가 아니라 눈이 따끔거려 눈물이 나온다. 아내가 음식 맛을 안 묻기 시작한지는 벌써 오래되었다. 맛을 헤아리는 혀끝의 무뎌짐도 늙어짐에 예외일수는 없음을 아내는 일찍이 눈치 챈 것이다.

결정적으로 참을 수 없는 늙어가기와 낡아가기는 생각과 행동이 딱딱해지고 까칠해지는 것이다. 나이만큼 나오는 배처럼 그렇게 둥글둥글 생각도 행동도 여유 있고 관대해 지는 줄 알았다. 나이 들수록 노여움이 쉬이 찾아온다는 것은 "오학년"이 아니라 "칠팔 학년"의 증세라 믿었다. 허나 집에서 가족들에 대해 나는 너무 일찍 이 증세가 찾아오고 있다. 불길하다. 가장 안 된다고 굳게 믿었던 중년 가장의 최악의 모습이다. 어떻게 해야 할 것인가?

이 세상은 물론이고 가정에서 조차 모든 일들은 확언컨대 맞고 틀리고를 명확히 구분할 수 있는 것이 아주 적다. 대부분은 단지 어떤 기준과 비교해서 다르다는 것이 아마도 정답일 것이다. 나와 다르다는 이유만으로 섭섭해 하고 슬퍼하고 그래서 분노한다는 것이 얼마나 유아적인가.

세상 사람들로부터 존경 받는 훌륭한 사람일지라도 일정 부분 단점이나 약점이 있음은 분명한 사실이고 많이 부족한 사람일지라도 괜찮은 일부분이 또한 분명히 있을 것이다. 대부분 괜찮기 때문에 무조건 믿고 따르려는 것도 안 되지만 일부분에 불과하다는 이유로 전체를 안 믿고 부정하는 것은 더욱 수준 이하다.

궁하면 변하고 변하면 통한다고 하지 않는가? 궁극적인 해결책은 내가 변하면 된다는 얘기일 것이다. 눈이 흐려져 안보이기 시작하는 것은 이제는 눈이 아닌 마음으로 보는 혜안이 필요하다는 것이고 그럼으로써 눈에 보이지 않는 더 많은 것을 새롭게 볼 수 있게 되는 또 다른 시작이라는 말을 믿는다.

책을 오래 보기 어려워지는 것은 더 이상 책이나 글에 너무 기대거나 갇히지 말고 세상의 이치를 마음 깊은 곳으로부터 스스로 깨달으라는 것임에 또한 절대 공감한다. 그래서인가, 나이 먹으면서 멀리 보이는 하늘과 자연은 오히려 점점 더 선명해진다.

한 해를 넘겨 또 한 살의 나이를 먹으며 깨달음과 결심이 있다. 여기저기서 많은 것들이 나를 무시하고 업신여긴다는 생각이 종종 들더니 급기야는 변화를 강요하려고 까지 든다는 착각

중년, 담담하게 버티는

에 빠진다. 더욱이 내가 연연해하고 매달리려 하면 그럴수록 더욱 심해진다. 그래서 센척하고 대범한척하며 정면 돌파를 시도하기도하고 때론 약한 척, 겸손한 척하며 우회적으로 돌아도 가본다.

사람들이 하는 걱정은 '절대 현실로 일어나지 않을 일', '이미 일어난 것에 대한 일', '사소한 고민' 그리고 '우리 힘으로 어쩔 도리가 없는 일'에 대한 것이 대부분 이라고 한다. 따라서 '실제로 우리가 바꿔놓을 수 있는 일'에 대한 걱정은 불과 5% 정도 밖에 안 된다고 한다. 다시 말해 지금 하고 있는 걱정의 95%는 하지 않아도 되는 것을 쓸데없이 하고 있다는 것이다.

올 한해는 정말 어떤 원하지 않는 상황이 닥쳐도 담담히 받아들이며 걱정하지 않고 사는 원년의 해를 만들고 싶다. 인간은 누구나 죽는다는 절대불변의 진리를 잊지 않는다면 업신여김도 무시당함도 더 이상 걱정과 아픔이 될 수 없음이다. 길이 끝났다고 생각한 그곳에서 길은 다시 시작되기도 하는 법이라고 한다. 설사 그 길이 원하지 않는 길일지라도……. 알 수 없는 것이다. 헤매는 자가 다 길을 잃는 것은 아니지 않는가.

소심한 바람

　한 해를 보내고 맞는 즈음엔 누구나 평소보다 많이 안부를 묻게 되는데, 사실은 일 년에 한번쯤인 경우가 많다. 대부분 형식적인 덕담을 하고 나면 별반 할 말이 없어서 뻘쭘하던 경험 또한 적지 않다. 게다가 친절하기라도 하여 "요즘 어떠냐?"는 배려있는 질문이라도 받게 되면 곤혹스럽기까지 하다.

　중년의 나이에 훌쩍 이민을 결행한 나 같은 사람에게는 더욱 그렇다. 바쁘고 치열한 사회에서 한발 물러서겠다는 결정이었다. 도전과 성취라는 마음의 짐을 일단 내려놓겠다는 중년의 이민 길이 않았겠는가. 더욱이 그 이민 길이 호주의 시드니라면, 재미있는 지옥에서 아주 심심한 천당쯤으로 이동한 것이다. 특별한 근황이나 안부에 대한 답이 궁색해지는 것은 당연하다. 하루하루가 빛나고 새로운 일들로 가득할 수는 없다. 힘들고 우울한 일들의 매일이라고 할 수도 없다. 그저 풍경화

　　　　　　　　　　　　　중년, 담담하게 버티는

처럼 정지된 세상에서, 같은 일들이 반복되는 그렇고 그런 삶이다. 날짜 개념은 일주일 단위로만 반복되어 일도 월도 계절까지도 무감하다. 그래서 대답도 언제나 같다. "이민 생활이 다 그렇잖아요. 항상 똑 같죠, 뭐"

나의 이민 길은 최소한 심심한 것을 잘 즐길 수 있으리라는 확신이 있었다. 어떤 면에서는 심심하길 작정하고 온 듯도 하였다. 그래서 몇 가지 나만의 처방들도 갖고 있었다.

'길게 붙들고 생각하지 않기'가 그것이다. 장고 끝에 악수를 두고, 생각이 많으면 샷을 망친다는 말이 어디 바둑이나 골프에 한정된 것이겠는가. 중요한 결정의 순간에 현명한 최선의 선택은, 생각의 많고 적음에 비례하지 않는다. 고민하는 시간의 길고 짧음에도 상관관계는 그리 커 보이지 않는다.

'부딪히고 상처내지 않기'도 있다. 이민은 도피처도 유배지도 되어서는 안 된다. 많은 사람과 어울려 소통하며, 치유도 받고 위로도 하는 삶이어야 한다. 그런 세상 속에서 어떤 마음가짐으로 인간관계를 맺어야 하는지를 다짐하는 것이다. 사람들 사이로 들어가서 만나고 교류하되, 말과 침묵 사이를 제대로 알자는 것이다. 병은 입으로 들어오고 화는 입에서 나간다는 말도 있지 않은가.

'맘과 눈에 담아두지 않기'도 빠질 수 없다. 나는 늘 실수와 잘못을 저지르며 살아가는 사람이다. 허나 반성은 짧게 하고 싶다. 대신 칭찬과 격려를 많이 하고 싶다. 미움의 기운을 맘과 눈에 담아두고, 세상도 자신도 탁하게 오염시키고 싶지 않다.

이들 모두는 아마도 심심함에 대처하기 보다는 나이 들어 사람과의 관계 속에서 현명해지고 싶다는 간절함이리라. 무심결 일지라도 접하게 되는 세상사에 연연해하지 않고, 어떤 일일지라도 서로 비교되고 싶지 않았나 보다. 그럼으로써 나의 부족함에 내가 무감해진다면 마음은 평화로워지고, 영혼은 자유로워지겠지 하는 생각이었을 것이다.

그러기 위해서는 무엇보다 내 마음의 욕심을 버려야 한다. 그래서 새해가 시작할 땐 언제나 올해는 마음에서 무엇을 내려놓을까를 두고 고민한다.

'돈 많이 벌기'는 그 중 첫째다. 중년의 이민자에겐 자의 반 타의 반 이제는 어찌할 수 없는 것이기도 하다. 경제적으로 그나마 마지막 품격을 버리지 않고도 소박하게 살 수 있음에 그저 감사할 뿐이다.

'영어 잘하기'도 빼먹을 수 없다. 직장생활 20여 년간 한해도 빠짐없이 하던 새해 결심이다. 영어를 쓰는 외국에서 몇 년만 살면, 미국 영화 속 사람들처럼 영어가 되는 줄 알았다. 이

중년, 담담하게 버티는

민 와서 외국인 회사를 다닌 지도 몇 해가 된다. 허나 영어는 아직도 '가까이 하기엔 너무 먼 당신'의 위치에서 한발작도 움직이지 않고 있다. 이제 그 스트레스의 굴레를 뚫고 나오고 싶다. 지금의 나에게 더 알맞고 보람 있는 화두가 얼마나 많은가. 올해는 꼭 내려놓고 싶은 욕심이다.

'골프 핸디 줄이기'와 '신의 응답 경험하기'는 지천명의 나이를 넘어 중년으로 들어서면서 갖기 시작한 것들이다. 풍요로운 노후를 꿈꾸며 시작한 자유롭고 아름다워야 할 것들이, 어느새 올무가 되어 자신을 가두고 윽박지르기 까지 한다. 골프는 단지 즐겨야 한다. 종교는 평화로운 마음이 우선되어야 한다. 그렇게 처음으로 돌아가야 한다.

'자식들에게 바라기', '아내가 이해해 주기'는 요즘 들어 부쩍 늘어나고 있고, 앞으로가 더욱 걱정이 되는 욕심이다. 어린아이 세 살까지 재롱 떨어주면 부모에게 해야 할 은혜 다 갚는다는 거, 잘 알고 있다. 나긋나긋하고 자상하던 아내가 점점 무뚝뚝해지고 씩씩해지기만 한다. 갱년기 호르몬 변화에 기인한 어찌할 수 없는 숙명이라는 것도 안다. 허나 어쩌랴. 나 역시 그 놈의 호르몬이 뒤바뀌며 점점 소심해지고 잘 삐치고 걱정이 늘어만 가고 있으니 말이다. 그래서 더욱 정신 차리고 악착같이 내려놓고 가야 할 욕심이다. 더 많은 것을 바라지 않는 것이야 말로 나이 들어가면서 더 많은 후회와 아쉬움에서 벗어나는 지름길임을 너무 잘 알고 있음이다.

뺄쭘한 새해 인사, 반복되는 일상, 그리고 마음에서 내려놓는 기대들처럼 한발 물러나 비껴서 있는 요즘의 나. 중년의 나이에 이민을 와서 세상과 인생에게 이제는 더 이상 싸우지 말고 평화롭게 살아보자고 화해의 제스처를 보내고 있는 지금의 나. 말은 더 말을 듣지 않고, 생각도 더 생각처럼 되지 않을 내일을 기다리는 나. 나쁜 것보다는 덜 나쁜 것이 행복임을 믿고 싶은 나이다.

나이 오십까지는 사는 거구 그 이후는 그저 살아왔던 관성으로 살아지는 거라고 한다. 게다가 오십까지 들었던 철들마저 그 이후부터는 까먹으며 살게 되는 거라고도 한다. 허나 그런 오십 이후의 삶에선, 그나마 자신만의 어떤 바람을 하나씩 마음에 품고 간다고 하니 얼마나 다행인지 모른다.

내가 품고 가야 할 바람은 무엇일까. 근사하고 폼 나게 살기 보다는 궁색하거나 천하지 않게 살고 싶은 바람이다. 카리스마 있고 늘 당당한 자가 되기보다는 그저 염치 있고 부끄러워할 줄 아는 겸손한 사람이 되고 싶은 바람이다. 소박한 바람. 소심한 바람. 그 사이가 궁금해지는 새해 아침이다.

중년, 담담하게 버티는

눈물과 영성

　늦어도 오십 넘어 중년에는 하나님을 꼭 한번 만나보고 싶다는 다짐을 했었다. 해서 열심히 교회를 드나들었고 이런 저런 신앙 교육도 기웃거려 보았다. 그러나 몸처럼 맘은 움직여 주지 않았다. 보고 듣고 생각할수록 모르던 것을 알게는 되었지만 그것들은 흔들리면서 다가오다가는 다시 멀어져만 갔다. 한발 다가가면 두발 물러선다는 어느 마법의 성처럼 말이다. 내게 있어 문제는 구원이나 영생 같은 종교의 핵심적인 화두가 아닌 눈물이었다.

　아무리 기억하려 애써 봐도 슬픈 드라마나 영화 속의 남의 이야기를 보며 흘렸던 그런 눈물을 제외하면 나 자신의 이유로, 내 감정 때문에 울었던 것은 잘 생각나지 않는다. 내가 다 커서 돌아가셨던 아버지 때도 울지 못했다. 문상을 받으며 눈물이 나지 않는 것이 얼마나 힘들었으면 다른 어떤 집처럼 차

길에서

라리 곡을 해버릴까 하는 생각까지 들었으니 말이다.

　이물질이 눈 속으로 들어올 때나 안구가 마르지 않도록 반사적으로 나오는 눈물은 나의 의지와는 상관없이 저절로 발생하는 현상이다. 허나 특별한 감정을 느낀 뇌가 의식적으로 눈물샘을 자극하여 나오는 눈물이 있다. 감정적 눈물이다. 일부 동물들에게서 볼 수 있는 눈물은 단지 반사적인 눈물이라고 한다. 감정적인 눈물은 인간에게만 존재한다는 사실이 신비롭다. 감정적 눈물 속에는 프로락틴이라고 불리는 물질이 많이 들어 있다고 한다. 헌데 이 물질은 인간이 감정적으로 스트레스가 쌓일 때 분비되는 물질이기도 하다. 따라서 몸 속의 불안을 조장하는 이 독성물질은 바로 감정적 눈물을 통해 몸 밖으로 밀려 나가게 된다는 것이다. 한바탕 울고 나면 속이 시원하게 확 풀려서 심리적으로 안정된다는 소리를 듣는 것은 바로 이런 이유에서인 것이다.

　태어난 지 6개월 전후의 아이들 까지는 아무리 울어도 눈물이 안 나온다고 한다. 의학적으로 어떻게 설명되는 지와는 상관없이 흥미롭다. 아니 이런 현상이 좀 더 오래 인간에게 남아 있으면 어떨까 생각해본다. 슬픔, 기쁨, 감동 그 어떤 감정 상태든 눈물 없이도 표현되어진다면, 나 같은 눈물 울렁증 환자에게는 얼마나 다행일까 하는 엉뚱한 상상을 해본다.

　어린 시절 친구와 싸우다 코피가 나면 울게 되고 그렇게 되면 싸움은 끝나게 된다. 이는 눈물이 흐르고 시야가 흐려지면 더 이상 공격할 수가 없게 된다는 것을 서로가 잘 알기 때문이다. 백기를 들고 무장해제하겠다는 의미인 것이다. 포기하고 굴복하겠다는 신호인 것이다.

결혼한 부부간의 다툼에서 아내의 눈물은 남편의 패배로 이어지는 경우가 많다. 눈물은 상대방의 연민을 유발시켜 나약하게 만드는 속성이 있다. 눈물 흘리는 아내의 감정 선에 이입되어 상대의 입장을 헤아리는 그 순간 이미 그는 아내의 동지가 되는 것이다. 아내의 눈물은 다름 아닌 나를 이해해달라는, 내가 지금 힘들다는, 그러니 부디 도와 달라는 절박한 구조 신호인 것이다.

눈물의 원인과 가장 밀접한 단어는 역시 슬픔이다. 외로움, 억울함, 안타까움 등과 함께 기쁨과 감동도 눈물의 원인 중에 하나이다. 이렇게 많은 이유들이 있음을 잘 알고 있음에도 불구하고 인간이 왜 눈물을 흘리면서 우는지는 여전히 의학적으로 풀리지 않고 있는 미스터리이다. 인간이 사회적 동물로 진화하면서 이뤄낸 가장 그럴듯한 업적이 눈물이라고 하는 재미있는 가설도 있다.

신과의 극적이고 감격적인 만남을 전해주는 글들을 가끔 접하게 된다. 신기함과 부러움 뒤에는 항시 남의 나라 얘기 같은 낯설음도 같이 느낀다. 만남 뒤에 따라오는 감동과 환희의 눈물이 바로 그 주범이다. 지성을 대표하시는 어느 분이 영성과 만나는 진솔한 이야기가 가슴에 와 닿았다. 신을 만나고 영성을 받아들이는 것은 참척의 슬픔과 맞먹는 극한의 외로움과 괴로움 속에서 찾아오는 것이고 그럴 때 비로소 눈물도 자연스레 같이 하는 것인가 보다. 저만치 앞서간 나의 이성은 여전히 우물쭈물 뒤따라오는 감정을 그저 바라만 보고 있는 듯하다.

나에게 눈물을 흘린다는 것은 무엇을 의미하기에 그렇게 힘든 것일까? 졌다는 것, 이길 수 없다는 것에 대한 두려움이 눈물을 가져오기 때문일까? 내가 살아가는 모습에 있어 진다는 것은 그저 눈이 내리고 비가 오고 바람이 부는 것처럼 사소한 일들이었다. 그럼에도 불구하고 이길 수 없음은 내게 두려움으로 다가와 이렇게 내 속의 눈물을 필사적으로 놓아주지 않고 있나 보다. 아니면 낯설어서 부끄럽다거나, 남자스럽지 못하다거나 해서 오는 창피함 때문일까? 감정의 자제와 표현의 억제가 미덕이라고 가르치는 하늘 아래서 배우고 자란 탓일 거다. 아버지는 화장실 가서 울고, 남자는 일생에 세 번만 울어야 한다는 지독한 편견들이 아직도 내 몸 속에 괴물처럼 살아있어 내 속의 눈물을 그렇게도 꽁꽁 얽어 매 붙잡고 있나 보다.

진정, 눈물은 보이지 않는 것을 믿을 수 있는 용기 있는 자들에게만 허락되는 것인가? 내가 볼 수 있는 시력은 불과 전방 몇 미터나 되고, 내가 알고 있는 과학적인 지식은 겨우 얼마나 되겠는가? 그저 보통의 상식적인 사람들이면 믿을 수 있어야 하는 것이다. 허나 눈앞에 보이는 것을 먼저 더 믿을 수밖에 없는 우둔한 나에게는 눈물은 건널 수 없는 강이 되어 눈앞에 넘실거리기 만 한다.

그렇게도 만나고 싶어 했지만 낌새조차 알아챌 수 없던 그분이, 어느 날 이미 내 맘속에 오래 전부터 들어와 있었다는 것을 알게 되는 그런 행운이 나에게도 있을까? 지금도 어디선가 은은한 미소를 지으시며 나를 계속 바라보고 계시는 것은 아닐까? 그리곤 이렇게 말하는 것 같다. 지금 그대로의 모습 위에 그분의 모습이 드러날 때까지 기다리라고. 어떤 형태로 나타나실지 아무도 모른다고 말이다. 눈물을 흘리는 모습일 수도 아닐 수도 있다고 말이다.

이젠 눈물을 흘린다는 것의 어색함과 두려움으로부터 자유롭고 싶다. 신은 기쁨을 주실 때 직접 주시지 않고 다른 무엇인가를 통해서 주신다고 한다. 이렇게도 눈물을 흘린다는 것이 힘들고 어려운 까닭을 내 잘은 모르겠지만 아마도 그분의 깊은 뜻이 분명 있을 것이다. 언젠가 나도 멋지고 신나게 한판 눈물을 쏟아내면서 몸속의 프로락틴이라는 독성물질이 몸 밖으로 쑥 하니 빠져 나갈 그 날을 기다리며 오늘도 난 영성의 문지방 위를 기웃거린다.

심장 파열 언덕을 넘어 달리다

훈련소에서 겪었던 참혹했던 무릎 관절의 기억으로 달리기는 내 인생의 타인이 되었다. 그 이후 수십 년간 단 한차례도 달렸던 기억이 없다. 심지어 트레이드밀 위에서 조차 그랬다. 그러한 내가 14km의 장거리라니. 전혀 상상조차 안 해본 상황을 갑자기 무엇엔가 홀린 듯 대회 일주일 전에 온라인으로 참가 등록을 했다. 과연 내가 얼마나 오래 뛸 수 있는가는 나조차도 가늠할 수 없었다. 사전 연습을 해 보았으나 5km를 넘기지 못했다. 그것도 중간에 몇 번 숨을 고르며 멈추어 걷기를 반복하면서였다. 왜 대회 참가를 하였을까? 내 안의 무엇이 불현 듯 이런 결정을 저지르게 하였을까? 대회 당일 시티로 가는 기차 안에서 삼삼오오 들떠있는 대회 참가자들을 바라 보면서 후회가 훅 밀려왔다. 뛰다 힘들면 걷고 또 쉬고 하면 되지 않냐고 스스로를 다독였다. 대회 타임 리미트를 넘겨 결승선 지점

중년, 담담하게 버티는

에 관계자들이 다 철수한들 상관 없다는 근자감으로 불안함을 숨기려 했다.

시티 타운홀에 내려 하이든 파크로 가는 길은 참가자들로 인산인해를 이루었다. 대회 규모는 예상보다 훨씬 큰 규모였다. 6만여 명의 참가자들로 시티 곳곳은 축제의 현장이 되어 있었다. 나와 같은 나 홀로 참가자는 적었다. 모두 그룹을 이뤄 특정 커뮤니티를 대표해 참가하고 있었고, 가족단위의 참가자들도 많았다. 평상시 시티에서는 유색인종이 더 많이 보였었다. 백인은 눈에 잘 안 띄는 것이 궁금했었다. 그러나 오늘은 차량이 통제된 시티의 모든 거리가 온통 백인들로 가득 차 있었다. 평상시 이들은 다 어디에 있다가 지금은 또 어디서 몰려 나온 것일까. 외곽도로의 교통 안내 사인보드에선 일주일 전부터 대회 당일 시티 교통이 통제된다는 정보가 하루 종일 안내되었다. 번호판 빕을 소지한 대회 참가자에게는 모든 대중교통 요금을 받지 않았다. 출발지인 시티에서 시드니 최대 해변이며 서핑으로 유명한 본다이 비치까지 뛰는 대회로 "City2Surf"가 공식 명칭이었다. 비록 코로나로 인해 지난 3년간 개최되지 못했지만 50년이 넘는 역사를 가진 대회로 세계 10대 러닝 레이스 중 하나로 알려져 있었다.

출발 장소인 하이드 파크는 거의 축제의 장이었다. 몇 차례 여러 그룹으로 나누어 매시간 출발하고 있음에도 불구하고 이렇게 많은 사람들이 또 있다는 게 신기할 따름이었다. 높은 크레인 위에서는 세븐 방송국의 생중계 현황이 고성능 스피커를 타고 퍼져 나와 참석자들을 흥분시키고 있었다. 카운트다운을 알리는 대형 스피커 소리에 맞춰 참가자들은 일제히 숫자를 따라 외쳤다. 40여 년 전 예비고사 체력장 오래 달리기의 출발선 상에서 느꼈던 사르라니 아랫배가 아파오는 그 느낌이 다시 찾아왔다. 긴장과 흥분의 미묘함에 대한 반응을 몸이 기억해 냈다. 함성과 함께 무리들이 서서히 움직이기 시작했다. 마치 엄청난 크기의 동물이 기지개를 켜듯 참가자 무리는 아주 천천히 그리고 느리게 움직였다.

익명성이 보장된 탓일까? 군중 속에 섞여 뛰는 나는 편안했다. 무리가 움직이는 느린 속도는 오히려 초보자의 페이스 메이커 역할을 해줬다. 오버 페이스를 할 수 없는 상황에서 나의 초반 레이스는 출발 전 극도의 긴장감을 자연스럽게 풀어주었다. 아직은 산소를 최소한 사용하며 뛸 수 있었다. 당연히 몸속 근육에 생성되는 젖산의 양도 그리 걱정할 수준까지 올라가지 않았다. 세 번의 오르막 피치를 지나 마지막 Heart Breaking Hill만 넘으면 능선과 내리막으로 본다이 해변에 다다를 수 있었다. 코스 초반 세 번의 오르막은 걷고, 내리막은 달리기로 했다. 걷는 속도는 시속 6km를 지키고, 달리기는 시속 9km의 속도를 유지하기로 했다. 중반 이후 심장파열언덕은 최대한 에너지를 비축하며 무리하지 않고 온전히 걷기로 했다. 이후 결승점까지의 7km의 구간은 능선과 내리막 코스로 5분씩 뛰다 걷다를 반복하기로 전략을 짰다. 목표는 1시간 30분이었으나 2시간 이내면 성공이라고 생각했다. 대회 인정 시간은 2시간 20분이었다.

달리기를 할 때 팔의 각도나 보폭의 길이등과 같은 몸의 움직임은 생각하지 않기로 했다. 달리고 있다는 생각에서 벗어나 완전히 다른 생각을 하거나 아니면 아예 생각 자체에서 빠져 나오기로 했다. 달린다는 행위에서 무의식적으로 움직이는 몸의 동작이 방해 받지 않아야 했고, 일체의 생각들은 도움이 되지 않는다고 생각했다. 그래서 달릴 때 나는 아무 생각 없이 하늘과 땅과 정면만 바라다봤다. 마치 모닥불을 바라보며 불멍을 때릴 때처럼 아무 생각 없이 눈 앞에 보이는 것만을 바라보며 뛰었다. 그래도 만약 잡생각이 든다면 하늘 땅 나무 구름 등의 단어를 계속 중얼거렸다. 인간은 달리도록 진화했다. 비록 모든 사람들이 다 잘 뛰는 것은 아니지만, 정신력과 의지만 있다면 누구나 달릴 수 있다. 그리고 자신의 달란트 만큼 설정된 목표를 달성할 수 있다. 하늘과 구름을 그저 바라만 보며 뛰고, 나무와 숲과 산을 아무 생각 없이 응시하며 때론 또 걷는다. 그래서 달리기는 차라리 명상이 된다. 뛴다는 것은 이렇듯 여간 멋진 일이 아니다.

평소 많은 차들로 가득 차 있었을 시티와 해변가의 도로 전체가, 뛰는 사람들만으로 가득 채워져 있다는 사실은 매력적이었다. 더욱이 그 가운데 내가 있다는 사실은 더욱 그랬다. 그러나 뛰는 사람들을 흥분시키는 것은 이뿐만이 아니었다. 달리기 대회를 축제의 장으로 만들기 위한 대회 측의 준비는 다양했다. 적당한 거리마다 식수가 공급되었고, 의약품과 긴급구조대도 준비되어 있었다. 곳곳에 뮤직 밴드와 댄서들이 신나는 음악을 연주하고 춤을 추었다. 그들의 스피커 소리가 안 들릴 만큼의 거리가 되면 또 다른 밴드가 나타났다. 그들의 플레이 음악은 서로 달랐다. 최신 힙합 연주 다음 장소에서는 컨트리 음악이 연주되었고, 그 다음은 흘러간 팝송과 최신 음악이 번갈아 흘러 나왔다. 사이 사이엔 다양한 댄싱을 보여주는 팀들도 있었고, 물론 사적인 단체들의 응원 부스도 많이 눈에 띄었다. 한편 독특하고 재미있는 복장을 차려 입은 참가자들과 함께 뛴다는 것은 엔도르핀을 솟게 하는 또 다른 즐거움이었다. 세심한 대회 측의 준비가 돋보이는 이러한 디테일은 달리는 참가자들의 고통을 분산시키고, 달리기의 목표 달성을 위한 매우 효과적인 배려가 되었다. 축제와 같은 주변 상황은 모든 참가자들을 끝까지 뛸 수 있게 만드는 중요한 이유가 되었다.

오래 달려본 사람들은 누구나 다 안다. 달리는 것이 얼마나 어려운지. 충분히 예상하고 몇 번을 다짐했던 상황이지만, 그것이 현실로 다가올 땐 또 달랐다. 도저히 못 뛸 것 같았다. 숨이 차는 정도가 아니라 속이 메스껍고, 하늘이 노래지고, 머리는 어질어질 했다. 다리는 천근만근 무거워지고 생각의 통제력을 벗어나려 했다. 계획대로 뛰기를 멈추고 걸었다. 그러나 걷는 시간은 길어지고 뛰는 시간은 짧아져만 갔다. 걷기조차 멈추고 앉아 쉰다는 것은 용납할 수 없었다. 포기할 것인가, 계속 달릴 것인가? 점점 부정적인 생각이 몰려 왔다. 중단해야 할 이유는 차고 넘쳤으나, 계속 달려야 할 이유는 딱히 떠오르지 않았다. 나는 왜 이 고통을 참아가며 뛰려고 하는지, 지금의 존재 이유가 납득되지 않았다. 그저 달리기만 하는 자신이 미련곰탱이처럼 느껴질수록 다리의 힘은 더 빠져 나갔다. 앞사람도 뛰고 옆 사람도 뛰고 뒷사람도 뛰었다. 자신을 다그쳤다. 그래서 나도 겨우 뛸 수 있었다.

물에 젖어 축 처진 빨래 같은 몸뚱이를 이끌고 본다이 비치가 멀리 내다 보이는 언덕에 다다랐다. 무릎 보호대를 하고 달리는 사람은 나밖에 없었다. 창피하기도 했으나 보호대 덕분인지 무릎이 아프지 않은 건 다행이었다. 저 멀리 결승선을 알리는 피니쉬 아치 탑이 보였다. 골인 지점을 향해 허우적거리며 겨우 뛰었다. 그런데 갑자기 길 양편에 있던 사람들이 응원하는 함성 소리가 들렸다. 마치 나에게 박수를 보내고 나를 위해 응원을 하는 것 같이 느껴졌다. 놀라웠다. 간신히 뛴 루저라고 생각하며 결승선을 향하고 있었는데, 마치 내가 무슨 개선장군이라도 되는 양, 사람들이 환호하고 있었다. 갑자기 내 몸 속에 도파민이 쏟아져 나오는 듯 했다. 기적과 같이 초인적인 힘에 이끌려 달리기를 마무리할 수 있었다. 그리고 깨달았다. 나는 지고 있다고 생각했지만, 그렇지 않았다. 내가 비록 승리하지는 않았겠지만, 나는 지지 않았다. 달리기는 바로 이런 것이었다. 누구도 지지 않는 것. 그저 달린다는 행위와 달리는 사람만 있는 것. 그리고 끝까지 뛴 자의 환희와 행복만 남는 것이었다.

집에 도착했다. 너무나 자랑스러웠다. 아, 내가 정말 해냈구나! 가슴을 파열시킬 듯한 오르막 언덕에서의 고통 그리고 수없이 뇌리를 윽박지르던 그 번뇌와 후회를 다 물리치고 결국 해냈다. 이 자랑스러움이 이제 내 남은 인생에 있어 멋진 추억의 한 페이지를 장식할 것을 믿는다. 이번 경험은 앞으로의 삶에 소중한 자산이 또한 될 것이다. 끝까지 겨우 달렸을 뿐인데. 그저 조금 뛰었을 뿐인데 말이다.

달리기는 즐거운 경험이다. 마치 자신이 영화 속 주인공이 된 것 같은 행복을 준다. 도로변에 늘어선 사람들의 환호와 격려의 함성은 숨가쁘게 벅찬 감동을 가져다 주었다. 극도의 탈진 상태로 결승선을 통과할 때의 기분은, 그 과정을 온전히 완수한 자만이 느낄 수 있는 축복이다. 긴 진화의 과정 속에서 생존을 위해 우리는 달리도록 만들어졌다. 달리면서 깨닫는 즐거움은 매우 원초적이다. 스스로도 잘 이해하기 어렵고 설명할 수도 없다. 달리는 도중에 느꼈던 고통은 서서히 사라지고, 달리고 나서 얻게 되는 감동만 남아, 다른 어떤 것으로도 체험할 수 없는 강렬하고 심오한 기쁨을 준다. 오래 달리기는 고통의 축제이자 멋진 수행이라고 혹자는 말한다. 그래서 사람들은 오늘도 또 달린다. 한번도 경험해 보지 못한 달콤하고 강렬한 첫사랑의 기억처럼 시티를 가로질러 본다이 비치로 달렸던 2022년 겨울의 추억은 이제 전설이 되었다.

나는 시드니 부쉬리젠

그들은 독폰드 현장으로 들어선다. 거머리에 효과적인 고무 장화를 신고 방충제를 뿌리거나 발라서 익숙치 않은 눅눅한 냄새가 난다. 새벽에 흩뿌려진 옅은 안개를 헤치고 아침 햇살이 비스듬히 깔린다. 숲의 상부는 열길 이상의 유칼립투스 나무로 막아 서 하늘을 숨기고, 땅 위의 양치류들은 길들마저 숨겨버린다. 숲을 뚫고 들어온 빛 줄기들은 나무들의 헐거운 틈새로 여기 저기 흩어져 사방으로 쏟아진다.

숲을 헤치고 지나가는 바람은 여러 갈래로 나뉘어지며 아름드리 나무들을 휘감아 돌아간다. 덜 마른 잎들에 부딪힌 윗바람은 젖어져서 낮아지고 이끼 낀 돌들과 부딪힌 아랫바람은 그대로 스며든다. 헐렁한 작업복 사이로 들어온 아침 바람에 맨살의 촉수는 졸아들어 소름으로 돋는다.

고비들의 늘어진 잎들이 가벼운 바람에 움직일 때마다 옅은 햇살은 사라진 듯 보였으나 곧 다시 나타난다. 바람과 빛들은 서로 뒤엉키며 끊임없이 새로운 그림자를 만든다. 밝음과 어둠은 서로에게 녹아 들어 하나가 되고 빛과 바람은 다시 흔들리며 또 새로운 밝음과 어둠을 만들어낸다.

앞서가는 수퍼바이저의 익숙한 움직임은 부딪는 소리마저 흡수하며 거침없다. 새로 온 부쉬리젠(Bush Regenerator)은 간격을 놓치지 않으려 부산히 발길을 재촉하지만 풀들은 낯선 움직임에 신음 소리를 참지 못한다.

서울 나들이 한달 이라는 짧은 부재가 부쉬리젠3년의 긴 익숙함을 비웃듯 자신에게 찾아온 어설픔에 낯 설음을 본다. 언제나 그러하듯 깃을 세우고 모자를 누르고 먼 나무들 위로 시선을 던지며 하루를 시작하는 다짐을 한다. 나무와 풀에서 영감을 만나고 빛과 바람과 흙에서 생명을 찾아야 한다고.

몸은 무거웠으나 마음은 가벼웠다. 4주간의 서울 나들이에서 친구들을 만났다. 같이 보냈던 그들과의 시간을 생각한다. 고등학교 시절 만날 때는 비슷했었고 그 이후는 참 많이 다른 세상에서 바쁘게 살았었다. 나이 들어 이번에는 다시 비슷해져가는 것을 확인할 수 있었다. 한 십 년 뒤쯤에는 더 많이 비슷한 그들을 느낄 수 있으리라 생각했다.

"내 친구 놈 중에 말야......"하고 시작하는 말하기를 즐겨 했다. 뭔가 나하고는 다르고, 그래서 지금 여기 있는 나의 영역을 넓힐 수 있으며, 결국은 나를 대신해서 자랑하고픈 친구 얘기를 꺼내는 것이다. 친구에게 니는 그런 모습이지 못해도, 그런 모습의 친구를 갖고 싶어했다. 헌데 나이 들면서 그런 것도 조금씩 달라진다. 지금까지는 내가 갖지 못한 것을 갖고 있는 친구가 많이 자랑스러웠는데 지금은 그런 친구가 부담스러워진다. 그래서인지 몰라도 새로 인간관계를 갖는다는 것이 자꾸 제한적이 된다.

그러나 이번 만남에서 다른 것을 느꼈다. 그들이 비슷해진 것 같다는 느낌이었다. 마치 학창 시절의 그들과 같이 있다는 것 같은 느낌도 있었다. 조금은 그와 차별화된, 그래서 남들과 세상에다 자랑하고픈 특별한 그들에서, 그냥 별것도 아닌 사소한 것들까지 죽이 맞고, 아무 때나 어디서나 기다리고 만나고 귀 기울여주는 그런 비슷한 놈들로 다시 돌아온 것이다.

어제-오늘-내일과 같이 무작정 앞으로만 흘러가는 그런 시간도 있지만 계속해서 반복되는 회귀하는 시간도 있다. 밤-낮-......봄-여름-......나고-죽고-......한번 지나간 시간은 절대 다시 안 온다지만 왠지 만나면 헤어졌다 다시 만날 거 같다. 나서 살다 죽으면 다시 뭐가 되어 다시 시작할거만 같다. 차라리 그런 반복되는 시간에 더욱 의미가 있을 거 같다.

중년, 담담하게 버티는

긴 세월 다른 세상에서 많이 달라진 친구들은 서로를 무겁게 했으나 다시 비슷해져 가는 회귀하는 친구들은 내 마음을 가볍게 했다. 돌아오는 남태평양 하늘 아래서 가벼워진 마음위로 무거운 몸이 겹쳐지고 무거운 몸 위엔 또 다시 가벼운 마음이 겹쳐 지며 하나가 되었다.

독폰드의 계곡을 아래에 두고 동쪽 경사면에 있는 란타나마편초가 오늘의 목표다. 가장 익숙하고 만만한 상대다. 뿌리가 얕고 넓지 않아 제거하기 쉽다. 조직은 치밀하지 않아 단단하지 않고 그래서 자르기 쉽다. 뿌리와 잎은 수분과 양분을 신속히 주고 받아 쉽게 자라지만 또한 절단 후 약 바르기 만으로도 활성 억제 효과를 쉽게 본다. 그러나 강력한 생명력과 용이한 재 발육 능력 때문에 잘라낸 나무 더미들을 안이하게 방치할 수 없다. 완전히 죽은 두꺼운 가지들을 충분히 바닥에 깔아주고 작은 사람 키만큼의 높이와 폭을 넘지 않아야 한다. 가리지 않고 잘 자라는 습성과는 달리 사각형의 줄기에 잔털이 많아 까칠하다. 형형색색의 꽃들은 원색의 마지막을 보여준다.

오늘은 큰 나무 제거 작업이다. 육체적인 노동 강도는 문제되지 않는다. 단순한 행위의 반복은 몸에 익는 순간 그 강도를 잃는다. 토착 풀들을 골라 내야 하는 맨손 작업이 오히려 계속되는 집중력으로 쉬이 피로감을 불러온다. 몸을 움직여 근육에 쌓이는 젓산 보다 뇌의 움직임이 더 많은 에너지를 요구한다.

시간이 흐르면서 말없이 움직이는 부쉬리젠들 간에 거리가 생긴다. 짧고 깊은 호흡 소리만이 동료와의 거리를 알려준다. 오전 휴식시간이 되면 그들은 고무장화를 벗고 누구 양말 속의 거머리가 더 많은지 확인하며 그들만의 쿨한 부쉬리젠을 만든다.

몸은 가벼웠으나 마음은 무거웠다. 서울 변두리에 있는 성당 지하실의 야학에서 그들은 결론 없는 토론으로 많은 밤을 지새웠다. 그들은 자기보다 남들의 삶에 관심이 더 많았다. 세상에 맞설 힘이 부족한 학생들에게 낯 설은 정의와 의식은 쉽게 체화되었다. 그러나 시장 대포집에서 빈속에 털어 넣은 소주가 그들의 믿음을 흔들어 놓으면 그들은 쉽게 쓰러져 울기도 했다.

공단 구석에 있는 작은 공장에서 학생들이 며칠 낮 밤을 불확실의 공포와 싸워가며 그렇게 소리지르다 허무하게 끝났을 때 그들은 때 묻지 않은 정의가 이긴 것이라 믿었다. 아무도 귀 기울여 주지 않는 것에 대해 단 한번도 그리고 누구도 문제 삼지 않았다. 그들의 믿음과 소망은 겨울 칼 바람과 함께 공허한 도시를 쓸고 잿빛 하늘로 올라갔다. 그들과 함께 보낸 70년대 후반, 젊었던 시절의 역사와 현실에 대한 그 사랑을 기억한다.

그로부터 30년이 지나 그들은 모두 무엇인가가 되어 이름 앞에 또 다른 낯 선 직함들을 달고 만났다. 서먹한 얼마간이 지나자 그들은 직업과 일에 대해 얘기하며 명함을 주고 받았다. 회비도 걷고 가족들의 안부도 물었고 치솟는 물가와 부동산도 걱정했다. 얼마간의 시간이 더 흐르자 그들은 익숙하게 목소리를 낮추어 떠도는 세상 이야기를 주고 받았고 즐겁게 그런 세상을 비판하고 개탄도 했다. 그러나 끝내 그 누구도 그들이 사랑했던 젊은 그 시절의 시간들을 꺼내지 않았다. 많은 술과 안주를 남기고 중년의 건강을 걱정해 주며 서로의 연락처만을 확인하고 헤어졌다.

젊음의 순수를 아직도 사랑하는 것과 고개 숙이고 버티며 살아야 하는 중년의 현실은 그들에게 하나이다. 그들의 침묵이 돌아서는 모두의 마음에 무관심이나 부끄러움일 수 만은 없다. 계산을 마치고 화장실에서 만난 그 친구는 참교육이라는 화두에 삼십여 년 교단을 들락거렸다. 나이 덕분에 소변 시간이 길어진 나는 그의 독백 같은 말을 들을 수 있었다. "이십 대에 혁명과 진보를 사랑하지 않으면 가슴이 없는 사람이고 오십 대에 아직도 진보 주위를 기웃거리면 그는 머리가 없는 사람이라고 하더라". 우리들은 그저 무기력하나 편안한 중년의 가장에 익숙해져 있었다.

세월의 흐름과 함께 자리잡은 그들의 시크한 매너와 몸은 가벼워 보였으나 꺼내지 못하는 그들의 묻혀진 시간과 마음은 무거웠다. 돌아오는 적도 하늘 아래서 무거운 마음은 부서져 작고 많은 몸들이 되고 그 가벼워진 몸들은 무거운 마음에 다시 빨려 들어가 하나가 되었다.

울창한 시드니블루검 숲이 독폰드 물 위에 거꾸로 비치고 물에 잠긴 그들의 그림자 속엔 TV 화면 속의 심슨 하늘이 어른거린다. 고개를 들어 계곡 위를 바라본다. 산의 서쪽 경사면으로 원색의 꽃들을 머리에 이고 있는 마편초가 아직 무성히 펼쳐져 있다.

삼나무와 참나무는 한 그늘 아래서 같이 살수 없다고 한다. 허나 그들이 둘이기를 거부하고 하나가 되길 허락한다면 결과는 달라진다. 몸통이 붙어 버리고 두 개의 뿌리를 가진 한 나무가 되기도 한다. 더욱이 이들은 전에 살던 나무의 고유한 습성을 그대로 유지하면서 꽃들을 번갈아 피우기 까지 한다.

숲은 부쉬리젠들의 돌아갈 시간을 빛으로 말한다. 빛은 그림자로, 그림자는 그 각도와 길이로 돌아갈 시간을 말해준다. 아득히 먼 곳을 그윽이 바라보듯이 멀리 보내는 시선으로 숲 속의 빛을 찾는다. 높이 솟은 검트리 사이로 내리는 빛 들은 가지 사이로 스며든다. 가지를 비껴선 빛들은 낮은 잎들의 잎맥을 따라 모여 들었고 모인 그 빛은 안쪽으로 스며들어 하나가 되었다.

중년, 담담하게 버티는

시드니 나무꾼과 위드의 공존

어둠이 채 걷히지 않은 이른 아침, 나는 매일 도시의 숲으로 간다. 파크, 리저브, 크릭등, 나무와 풀들이 가득한 숲이 있는 곳이면 모두가 일터이다. 세상은 아직 잠에서 덜 깨어 고요하고, 더 신선한 새벽 공기는 언제나 몸과 마음을 정결케 한다. 아내의 편안한 마음이 녹아 든 도시락과 함께 떠나는 출근길은 매일이 그저 소풍일 뿐이다. 수많은 생명이 다양한 모습으로 한데 어우러져 살아가는, 이른 아침의 숲은 신비스럽다. 소리가 없어 볼 수 있는 능력이 배가되고, 움직임이 없어 들을 수 있는 능력 또한 배가 된다. 평소엔 전혀 보거나 들을 수 없는 새로운 세상을 아침의 숲은 고스란히 드러낸다. 투명하고 눈부신 아침 햇살이 숲 속 하찮은 풀들 위로 내려앉으면, 나는 그들 가까이 몸을 숙이고 눈을 감는다. 흙과 풀들이 갖고 있는 그들만의 냄새는, 아침 공기와 함께 폐부 깊이 빨려 들어와 온

몸으로 스며든다. 눈을 뜨고 젖은 풀잎과 나뭇잎을 천천히, 가만히 그리고 오랫동안 들여다본다. 빛과 바람에 실려 내 몸으로 들어온 숲의 에너지는 내 안의 기와 어우러져 하나가 된다.

나무의 다양한 에너지는 이미 잘 알려져 있다. 음이온, 피톤치드 그리고 테르펜계 물질 등이 그것이라고 한다. 뿐만 아니라 우리 인간의 유전자 속에는 자연에 대한 의존성이 있어 숲의 녹색을 보면 마음이 평온해지고 피로가 풀린다는 바이오필리아 가설까지도 있다. 어디 그뿐인가, 나무의 세포 속 원자 내에서, 초당 300 킬로미터 이상이라는 매우 빠른 속도로 양성자 주변을 도는 전자의 운동에너지도 있다. 이러한 물질이나 에너지가 내 몸의 진동수와 주기가 맞아 공명을 일으키고, 서로 감응하게 되면 나는 그 엄청난 모든 에너지를 받아들이게 된다. 숲이 갖고 있는 무한한 에너지가 내 안에 거하고, 나는 그 안에 거하게 되는 것이다.

한 그루의 나무에도 정령이 깃들여 있다고 믿어 절대 자르지 않았다는 아메리카 인디언들은 죽을 때도 숲 속으로 들어가 큰 나무 아래 앉아서 죽음을 맞았다고 한다. 숲과 나무의 정신은 물론이고 위대한 자연 에너지에 몸의 치유와 생명조차 맡기고 의탁했던 것이다. 역사 속에서는 언제나 숲을 정복한 백인이 인디언들에게 승리했었으나, 지구의 재앙이 환경으로부터 자유로울 수 없는 지금, 그들의 자연관과 삶의 방식을 생각

중년, 담담하게 버티는

하면, 그 역사 속의 승리가 새삼스럽게 다가온다.

인간들에게 숲은 태고이래, 언제나 신비와 경외의 대상이었다. 샤머니즘, 토테미즘등과 같은 고대종교는 아주 오랜 시간 인간과 함께 존재했었고 인류의 역사를 이끌어 왔다. 허나 숲과 인간의 아픈 이별은 창조주가 에덴동산이라는 완벽한 숲에서 인간을 내 보냄으로써 이미 시작했다. 그리고 숲이라는 신과 정령들을 향한 인간들의 오랜 숭배는 종교라는 이름으로 죄악시되기도 했다. 급기야 산업혁명을 거치면서 과학과 문명이라는 거대담론 앞에서 숲은 황폐하게 파괴되고 만다. 지구와 숲의 긴 역사에 비하면 비교할 수 없는 짧은 시간에 말이다.

시드니에서 나는 생태계를 보호하고 회복시킨다는 목적 하에 숲 속의 특정 식물들을 제거하는 일을 했다. 우리는 이 대상을 위드라고 부른다. '잡초'라는 우리말이 농경지에서 자라는 농작물 이외의 잡풀로 인식되는 것에 반해, 숲에서의 위드는 좀 더 넓은 의미를 갖는다. 아무리 좋은 식물일지라도 인간이 정한 기준에 따라, 지금 여기에 존재하는 것을 인간이 원하지 않는 다면 그 모든 식물은 위드가 된다. 따라서 어제의 네이티브 토착식물이 오늘의 위드가 되기도 하고, 멜버른의 위드는 시드니의 네이티브가 되기도 한다. 돈을 주고 너서리 화원에서 묘목을 사다 열심히 뒷마당에서 키우고 있는 식물의 대개가 숲에서는 위드이다.

건강한 생태계를 만든다는 것은 위드를 죽이는 것에서 시작한다. 뽑거나 자르고 또는 약을 바르거나 뿌리고, 때론 불로 태우기도 한다. 숲을 보호하기 위해 숲을 죽이는 것이다. 사람들이 모여 살고 또 그들이 다니는 길가에서 자라는 식물들은 거의가 위드이다. 사람들의 때가 전혀 타지 않는 깊은 산속이나 오지에는 위드가 없다. 숲에 위드가 등장하는 것은 사람들 때문인 것이다. 사람들의 기준과 편의로 나눠진 네이티브와 위드의 운명은 그래서 공평하지 않다. 어떤 나무를 위해 어떤 나무가 죽어야 한다는 것은 차라리 절망스러운 현실이다.

나무도 풀도 생명임에 분명하다. 식물들도 몸과 얼굴을 갖고 있으며 숨결조차 있다고 한다. 최근 발표되고 있는 실험사례에 의하면 식물도 감정을 지니고 있음이 또한 과학적으로 증명되고 있다. 인간들을 알아보고 기억하며 그들의 마음을 읽기까지 한다는 것이다. 집에서 키우는 식물에게 사랑하는 손길과 눈길을 보내느냐 안 보내느냐에 따라, 잘 자라고 시들고 하는 차이를 보인다는 것을 모르는 사람은 없을 것이다. 허나 이제는 아주 간단한 실험으로 식물들의 감정 변화까지도 알 수가 있는 것이다. 전류를 측정하는 일반적인 기계로, 식물에게 닥친 기쁨과 고통의 순간에 전류 값을 측정하면, 서로 다른 결과를 언제나 얻을 수 있다. 단지 인간의 지각 능력으로 식물의 감정 표현을 눈치 채지 못하는 것일 뿐이다. 실로 놀랍고 신기한 일이 아닐 수 없다. 죽음 앞에 선 식물들의 두려움과 고통스

중년, 담담하게 버티는

런 비명이 들리는 듯하다. 허나 식물들은 죽음을 받아들이는 지혜도 또한 갖고 있다고 한다. 식물들을 단지 단순한 물질로만 보지 않고 정신을 지닌 생명체로 보는 자들에 의해 위로를 받을 때는 그러하다고 한다. 얼마나 다행인지 모른다. 비록 죽일 수밖에 없는 위드일지라도 따뜻한 마음과 다정한 눈길로의 위로를 잊지 않아야겠다.

스스로 생각하고 판단하고 행동하는 모든 것에 관여한다는 DNA. 식물 중에는 동물이나 심지어 인간보다도 이 DNA의 수가 더 많은 것들이 있다. 움직이지도 못하면서 한자리에서 환경변화에 적응하면서 종족을 퍼뜨려야 하고, 모진 비바람에 견뎌야 하고, 온갖 동물들의 공격에 살아남아야 하니 그 얼마나 많은 지혜가 필요하겠는가. 동물보다 더 다양하고 복잡한 환경에서 생존하기 위한 복잡한 유전자 메커니즘을 가져야 하는 식물들이 오히려 한 수 우위임을 인정한다.

죽음 앞에서 두려움에 떠는 식물을 죽여야 한다는 굴레를 이젠 벗어나야겠다. 위드를 제거한다는 것이 단지 끝나고 없어지는 것을 말하지 않음을 믿는다. 그것은 또 다른 생명의 시작을 말한다. 그렇게 공존하는 것이다. 나는 오늘도 따뜻한 위로의 마음과 함께 위드를 제거하며 숲에서 일한다. 하나의 식물을 허물어 자연 속에 또 다른 하나기 되게 하여 새로운 시작을 만든다. 인간에 의해 오염되는 생태계를 회복시켜 건강한 숲을 만드는 것이다.

저절로 그렇게 되는 숲

비 오는 숲 속은 낯설다. 헐거운 나무 사이의 공간을 따라 굵고 세찬 비가 쏟아진다. 빗줄기는 땅 위에서 물줄기가 되어 바위로 달려가 부딪히며 부서진다. 흩어진 물들은 다시 합쳐져 큰물을 만들고 이내 또 깨어진다. 부서지고 나뉜 물들은 땅속으로 스며들어 흙이 된다. 땅속 얕게 숨죽이고 숨어있던 흙 비린내는, 땅 위를 두들기는 빗줄기를 따라 세상으로 솟아올라, 숲에 가득 찬다. 강물 깊이 눌려있던 물비린내도 강물 위에 내리 꽂힌 빗줄기를 거슬러 세상 위 숲 속으로 퍼져 나간다. 익숙하지 않은 흙과 물의 비린 냄새는 뒤집혀 섞이며 알 수 없는 냄새가 된다. 비가 오는 숲의 소리와 냄새는 알 수가 없어 숲의 풍경을 낯설게 한다.

숲은 알 수 없는 일들로 가득하다. 숲 속엔 나무들이 살고, 그 살아가는 모습들이 모여 숲을 이룬다. 숲은 각각의 나무들

중년, 담담하게 버티는

을 무시하지 않고 모두를 포용하며, 나무는 또한 숲에 파묻혀 희미해지지 않고 자신만의 개성을 잃지 않는다. 나무의 바깥쪽은 수분과 양분을 위아래로 보내며 생존을 주관하다 늙어지면 안쪽으로 밀려간다. 남은 바깥쪽은 다시 젊음으로 교체되어 계속 신진대사를 수행한다. 단단하게 말라버린 늙은 중심부는 그저 하는 일 없이 세월만을 이어가나, 그들의 굳건함이 있어 아무리 커져도 땅 위에 곧게 서서 버틸 수가 있게 된다. 안과 밖이 이렇게 켜를 지어 결을 이루면서, 나무는 젊음과 늙음이 동시에 존재하고, 태어남과 죽음이 같이 전개되는 자기만의 특별한 모습을 보인다. 숲과 나무엔 아직도 내가 알 수 없는 일들로 가득 차 있다. 친해진다고 낯섦이 없어지지 않듯이, 시간이 흘러 익숙해진다고 숲의 풍경 안에 숨겨진 것들을 알게 되지 않음을 또한 안다.

숲은 나의 배경이다. 집 앞에서 몇 분만 걸어가면 하늘빛이 가리어지고 세상 소리가 사라진 숲을 만난다. 처음 그런 숲을 보던 날 난, 늘 당당하던 연인이 어느 날 내 앞에서 그치지 않는 울음을 시작했을 때처럼 놀라움에 당혹스러웠다. 또 그 숲이 사람들의 손과 돈으로 꾸며댄 것이 아닌 숲 저절로 된 것이라는 것을 알게 되던 날 난, 알아서는 안 되는 연인의 내면을 우연히 알게 되었을 때처럼 할 말을 잃고 당황스러웠다. 마침내 그 숲 속의 모든 살아있는 것들은 스스로 생각하고 서로 소통하며 인간들의 마음을 읽고 있다는 것을 깨닫게 되던 날 난,

혼자서만 사랑하던 연인과 처음으로 눈이 마주쳤던 그때처럼 그렇게 속수무책일 수밖에 없었다. 그 숲은 사람들이 사는 세상 너머의 새로운 세상이었고 그 세상 속에 같이 존재하는 숲 역시 새로운 세상이었다. 모든 게 낯선 풍경이었으나 그 풍경은 곧 내 속으로 들어와 나의 배경이 되었다.

숲은 인간의 근원이다. 먹는 것과 숨을 쉬는 것은 모두 숲이 있어 가능하다. 숲의 식물들은 흙과 빛과 물만으로 생명을 창조하는 실로 경이로운 생명 활동을 한다. 인간의 식량은 대부분 이 활동의 결과물이니, 우리는 이들을 먹고 비로소 살 수 있다. 잎사귀마다 존재하는 백만 개가 넘는 공기구멍을 통해 내보내진 산소로 또한 우리가 숨 쉬며 산다. 그래서 사람들의 삶은 숲의 식물들에서 시작한다. 우리는 기쁘거나 슬플 때나, 축하하거나 감사할 때나 늘 꽃과 나무를 주고받는다. 뿐만 아니라 사람들은 집 앞뒤에 정원을 만들어 이를 보면서 즐거워하고, 동네마다 숲을 만들어 관리하는데 최선을 다한다. 왜일까? 인간이 숲이나 식물들과 함께 할 때 가장 편하고 행복해지는 것이 본능이라면, 식물들의 무엇이 인간을 그렇게 만드는 것일까?

숲의 식물들은 스스로 느끼고 생각한다. 인간은 그들이 소유하고 있는 오감을 통해서만 세상을 알 수 있다. 그래서 인간 중심적일 수밖에 없는 것이 또한 피할 수 없는 그들의 한계이

중년, 담담하게 버티는

다. 아리스토텔레스가 식물에게도 영혼이 있다고 주장한 이래 문명의 발전과 함께 식물들도 인간들처럼 생각하고 느끼고 기뻐하고 슬퍼한다는 것이 속속 과학적으로 증명되고 있다. 인간으로서는 도저히 알 수 없는 사건과 현상들이 수없이 벌어지고 있는 숲. 그 숲 속의 나무들은, 인간이란 두발을 가진 짐승은 왜 저리도 분주하게 돌아다니며 무지막지하게 먹어 치우고 아우성쳐 대는 것일까 의아해하면서, 그저 열매를 맺고 꽃을 피우고 향기를 내며 자기 자리에서 말없이 살아간다.

숲 속에서 일어나는 삶과 죽음은 정해진 운명이다. 죽음이 없다면 삶이 존재할 수 없다. 죽음은 산다는 것의 한 부분에 불과하다. 자신의 모든 잎을 떨어내서 끝마친다 함은, 그 자리에 다시 새순을 내어 시작한다 함과 같다. 죽어야만 살 수 있고 그래서 사는 건 곧 죽는다는 것이다. 그들에게 삶과 죽음은 같은 말의 반복일 뿐이다. 숲 속의 살아있는 것들은 우연하게 죽고 또 무질서하게 죽는다. 그렇게 죽는 풍경은 아름답지도 흉하지도 않다. 단지 알 수 없는 필연이 질서 있게 진행되고 있는 풍경이다. 숲 속의 살아있는 모든 것들에게 삶과 죽음은, 우연히도 일어나고 필연적으로도 일어난다. 질서 있게도 진행되고 무질서하게도 진행된다. 그저 원래부터 정해져 있던 숲의 운명일 뿐이다.

숲은 저절로 살아난다. 호주 원주민 '아보리진'들은 숲을 살리기 위해 숲을 태웠다. 타서 죽으면 더 건강한 숲으로 다시 태어난다는 것을 그들은 알았다. 높은 나무들이 모든 잎을 다 태우고 기둥만 남을 때 비로소 땅 위 구석구석에 햇빛이 찾아 들고 새로운 생명이 시작된다. 타고 남은 재가 거름이 된 흙 위로, 이웃 숲의 씨앗들이 바람을 타고 오거나 새들과 함께 찾아온다. 불이 아니고서는 있을 수 없는 고온에서나 비로소 자신의 딱딱한 열매 껍데기를 열어주는 뾰족한 잎의 큰키나무 '뱅크시아'들은 또 다른 삶을 시작한다. 나무들 간의 틈새가 헐렁해져서 경쟁이 줄어들면 큰 나무, 작은 나무, 풀들이 어우러지면서 다시 건강한 숲이 이루어진다. 불탄 나무들은 저절로 쓰러져 없어져가고 벌레와 곤충들은 저절로 모여든다. 사람들에겐 어수선해 보여도 다양하고 건강하게 숲의 풍경은 그렇게 저절로 회복되어간다. 나무는 죽었으나 땅은 죽지 않았고, 그 땅 위에서 타 죽었던 숲은 다시 저절로(自) 그렇게(然) 살아난다.

중년, 담담하게 버티는

유칼리나무 숲에서

　유칼리나무 곁에 서서 고개를 들어 하늘을 본다. 따사로운 햇살은 잎들 사이로 선명한 빛이 되어 내리고 하얀 구름 조각들은 푸른 하늘 여기 저기 옅게 흩어져 있다. 그 배경 속으로 이름 모를 작은 새들이 날아오른다. 늙은 호주 대륙의 아웃백이 시작되던 그때부터 붉은 흙, 푸른 하늘과 함께 언제나 변함없는 유칼리나무. 자작나무 빛 몸통과 잎에서 나와 증발된 수액들은 따사로운 햇살에 푸른빛으로 반사되어 신비스럽게 어우러진다. 아늑하고 그윽한 유칼리 숲이다. 소나무와 같은 유려한 몸매. 페르시아 검을 닮은 날렵한 잎들. 바람과 함께 서걱대며 아득한 소리가 된 유칼리나무는 오묘한 향기를 품고 인간을 위로한다. 땅속 깊이 뿌리 내린 건장한 유칼리나무의 오랜 시간과 공간으로부터 알 수 없는 기운이 나와 내 속으로 스며든다. 복잡한 세상의 관계 속에서, 얽히고 헝클어졌던 마음이

고요히 가라앉는다. 거칠고 무뎌진 감성들은 편안함과 자유로움이 된다. 몇 수레의 책보다 숲에서 보내는 하루가 그래서 더 좋다.

이름 모를 작은 들꽃을 가만히 천천히 그리고 무심하게 들여다본다. 들꽃 속 깊은 어딘가에, 또 다른 아주 작은 어떤 세상이 존재하는 듯하다. 또 하나의 작은 우주는 순식간에 생겼다 없어지는 시간을 초월하는 공간인 듯싶다. 눈을 감고 고개를 들어 하늘을 본다. 아주 짧은 시간에 아주 먼 곳을 여행하고 돌아온 듯하다. 정신은 맑아지고 눈도 밝아진다. 이제까지 보지 못하던 것을 보고, 느끼지 못했던 것을 느낀다. 자주 보던 낯익은 모습의 하찮은 들꽃이, 돌연 한없이 깊고 형형한 색으로 변한다. 황홀하고 감동적인 모습이다. 그러다 돌연 사라져 버리고 마는 가슴 벅찬 아름다움의 정점은, 언제나 기다림과 그리움으로 마음 깊이 남는다. 오늘도 숲 속에서 만나는 풀꽃들에 천천히 다가가 가만히 그리고 오래오래 눈길을 준다. 또 다른 우주를 보고 또 다른 나를 만난다.

지금 눈앞의 나무를 보면서, 지나간 시간들과 다가올 계절들의 나무를 본다. 꽃을 직접 심고 키운 사람과 그렇지 않은 사람은 그 아름다움을 다르게 느끼듯이, 언젠가 그 자리에서 그 꽃을 봤던 사람은 지금 보이지 않아도 볼 수 있다. 볼 수 없는 사람은 안 보이는 것이 아니라 못 보는 것이다. 그래서 세상은

중년, 담담하게 버티는

아는 만큼 보인다고 한다. 숲에서 일을 하면서 평소 그냥 지나 쳤던 많은 것들을 새롭고 다르게 보게 되었다. 한낮의 시들은 풀 한 포기 속에서 아침햇살을 받으며 이슬을 머금은 싱싱한 풀잎을 본다. 화병 속 꽃들을 보면서 바람 소리와 풀벌레 소리도 듣는다. 흙에 코를 박고 나무에 귀를 대본다. 고개를 숙여 개미들의 긴 행렬을 따라 간다. 고개를 젖혀 하늘을 날아오르는 새들을 쫓아가본다. 숲에서 일을 하며 나이를 먹는다는 것은 못 보고 못 듣고 못하는 것들을, 보고 듣고 되게 해 주는 것과 다름 아니다.

　푸석하게 마른 흙 둔덕 너머로 개미들의 긴 행렬이 이어진다. 일사불란하게 침묵시위를 벌이는 자들 같다. 속세를 떠나 도를 닦는 수도승들과도 같다. 저들 가운데는 서울에서 나고 자란, 성과 이름이 나와 똑같은 개미도 분명 있을 것 같다. 60-70년대의 곤궁과 80년대의 암울 그리고 90년대의 치열함을 더도 덜도 아니게 나와 똑같이 겪어 봤을까. 어느 날 제대로 산다는 것이 무언지도 모르면서 더 잘 살아 보겠다고 이민도 덜컥 와 보았을까. 아직도 하찮고 쓸데없는 일에 끙끙거리고 연연해 하며 살아가고 있는 것은 아닐까. 이런 내 생각이 어떻게 그 개미에게 까지 전달되었나 보다. 우물쭈물 대다가 우두커니 움직이지 않던 어느 한 놈이 나를 올려다보는듯하다. 손나팔을 만들어 그를 향해 조그맣게 불러본다. "환아~, 동화나아~"

유칼리나무의 우툴두툴한 껍질을 어루만져본다. 두 아름도 더 되는 기둥에 기대서서 끝이 보이지 않는 나무의 그 끝을 올려다본다. 오랜 세월 풍파를 이기고 굳굳히 버티고 있는 이 강인한 나무도 쏟아내고 싶은 아픈 기억이 있을까. 오래 버티기만 하면 이 나무들처럼, 그 존재함만으로도 누군가에게 위로가 되어 줄 수 있을까. 중년이 넘어 무작정 글을 써보자고 시작한 것은 무모했다. 체계적인 글공부와 습작의 준비도 없었다. 문장은 늘 정체되고 개념과 논리만을 늘어놓았다. 물 흐르듯 풀어내는 이야기란 나에겐 건널 수 없는 강이었다. 글을 향한 간절함과 의지도 부족했다. 몇 줄의 글을 가끔 방학숙제 일기처럼 쓰는 것에 안주하며 나태했다. 남이 던져주는 공허한 글 칭찬 몇 마디에 위로 받고 자만했다. 교민신문이나 지방 문학지에 이름을 올리는 것이 글 쓰는 목적인양 착각했다. 쉽고 평이할 뿐 공감과 감동을 주는 글은 요원했다. 그저 평범하고 천속하여 잡문만 되었다. 글쓰기의 언저리만을 배회하며 헤어나지 못했다. 돌릴 수 없는 시간들의 부질없음과 끝내는 잊어버리고 놓아버릴 지난 후회의 시간들이 마음을 저리게 했다. 흔들리지 않고 피는 꽃은 없다 했다. 그늘이 있어 햇빛은 더 밝고 눈부시다 하던데. 어찌 바람만 지나가고 물만 흘러가겠는가. 나 또한 참으로 미숙하지만 꿋꿋하게 참 멀리도 지나왔다.

중년, 담담하게 버티는

한줄기 바람에 떨리던 가냘픈 잎들마저 고요해 지면 한숨 같이 남는 적막한 숲을 본다. 아무렇게나 아무데서나 피어나 아무도 봐주지 않는 하찮은 들꽃들로 인해 적막은 오히려 애틋했다. 숲 속 깊숙이까지 저무는 석양의 잔광이 내려앉으면 하나 둘 사라지는 외로운 나무들. 서서히 어둠에 묻혀가는 숲은 고독하다 못해 숙연했다. 그 속에서 온전히 자신일 수 있어 고맙다. 지나온 안타까운 삶의 궤적들마저 소중한 내 생의 한 부분이었음을, 후회스러운 지난 시간들마저 결코 낭비가 아니었음을 보게 해 주던 유칼리 나무 숲이 있어 그저 고맙다.

찔레꽃과 해당화

　장미는 지난 봄, 아직도 아득히 멀게만 느껴지던 그 여름을 맞이하던 그때부터 하나 둘 세상에 얼굴을 내밀기 시작했다. 그리고는 강한 햇살과 더불어 본격적인 광합성을 시작하더니 녹색의 푸름이 그 절정에 오를 때까지 붉음, 하양, 노랑으로 때로는 진홍, 그리고 핑크로 쉬지 않고 얼굴을 바꿔가며 꽃의 지존을 뽐냈다. 장미는 이 세상 모든 곳에서 가장 오랫동안 그리고 가장 많이 사랑 받고 있는 꽃임에 분명하다.

　기원전 3,000년경 바빌론 궁전 동굴 벽화에도 그려져 있고 고대 이집트 및 페르시아의 수많은 고서에도 언급되어 있다고 하니 그 얼마나 오랫동안 인간의 관심 속에서 존재해 왔는지를 짐작할 수 있게 한다. 그리스 로마 시대에 와서는 사랑, 기쁨, 아름다움, 순결 등의 상징으로 묘사되며 드디어 꽃의 여왕으로 자리 잡았다. 이러한 장미는 그 종류와 수에도 가히 꽃 중

　중년, 담담하게 버티는

에서 최고를 달리는데, 이제까지 총 25,000종 이상의 서로 다른 장미들이 있어왔고, 게다가 지금도 200종 이상의 장미가 매년 새로이 만들어지고 있다고 한다. 헌데 실제 장미의 원종은 세계 각지에 100여종에 불과하고, 더욱이 그 중 7-8종의 야생종에서만 이 수많은 모든 장미들이 자연잡종과 개량종으로 파생된 것이라 하니, 인간이 얼마나 장미를 좋아하는지 가히 알 수 있다.

그 향기와 화려함에 있어 외적인 아름다움은 원예 종들에게 더 있다 할 수 있겠으나 참으로 신기하게도 벌이나 나비 등은 야생종 장미에게 더 많은 발길을 한다고 하니 자연이 가르쳐주는 장미의 진실한 가치는 인간이 보는 안목과는 다른 것 같다. 우리나라에서는 조선시대 말기부터 서양 장미가 들어와 원예종이 퍼지기 시작하였으나 그 훨씬 이전부터 야생장미들을 관상용으로 가꾸어 왔음이 또한 기록되어 있기도 하다.

흔히 부르는 들장미가 야생장미 그것이니 바로 한반도의 '찔레꽃'이다. 반도 전역의 양지바른 낮은 산기슭, 골짜기, 냇가 등 지천에서 볼 수 있다. 너무 예뻐 손을 대면 가시에 찔리게 되어 범접할 수 없는 그 고고한 존재를 알려주는 꽃. 그래서 순 우리말 '찔레'가 되었다 한다. 열매는 방안에서 방향제로 썼고, 꽃잎으론 향낭을 만들어 지니고 다니거나 배게 속에 넣어 두기도 했으며 꽃잎을 비벼 화장 세수를 했다고도 하니 이 땅의 여인네들에게 찔레는 참으로 가깝고도 귀한 존재였음이 분명하다.

보릿고개 시절 연한 찔레 순을 먹으며 배고픔을 잊던 아련함의 추억은 또 하나의 소중한 잊지 못할 정서인데 이는 '장사익'의 노래에 고스란히 담겨 있다.

엄마 일 가는 길엔 하얀 찔레꽃 / 찔레꽃 하얀 잎은 맛도 좋지 / 배고픈 날 가만히 따먹었다오 / 엄마 엄마 부르며 따 먹었다오. / 밤 깊어 까만데 엄마 혼자서 / 하얀 발목 바쁘게 내게 오시네 / 밤마다 꾸는 꿈은 하얀 엄마 꿈 / 산등성이 너머로 흔들리는 꿈

반도의 산과 들에만 야생장미가 있는 것은 아니다. 절대자는 이 땅 삼면의 바닷가를 따라서도 또 하나의 해변장미를 허락해 주었으니 그것이 바로 '해당화'다. 꽃의 아름다움과 향기에 대해서는 따로 말할 필요가 없다. 아스라이 수평선을 바라보며 바닷가 백사장의 눈부신 모래 위에 핀 진분홍 빛 꽃은 그 어떤 장미와도 비교할 수 없는 특별한 멋을 품고 있다.

백옥 같은 얼굴에 옅은 홍조를 머금은 양귀비의 얼굴을 본 당 현종이 지난밤 연회의 술기운이 아직 남아있다고 하자 그녀는 '해당화의 잠이 아직 깨지 않았습니다'라고 했다는 그 해당화다. 그래서 이 꽃은 '미인의 잠결'이라는 꽃말도 갖고 있다.

어머니의 이름이 해당부인이어서 이 꽃의 아름다움을 노래할 수 없었다는 '두보'를 제외하고는 정말 수많은 문인들이 이 꽃을 이야기했다.

끝없이 펼쳐진 수평선과 언제나 변함없는 파도, 바람 그리고 말없는 백사장만이 친구하자고 손 내미는 나라. 이곳으로 이민 와서 인생 이모작을 시작하겠다고 우두커니 서있는 내 마음을 '박우복' 시인은 이렇게 대신 노래해주었다.

호락호락한 세상은 아니지만 / 조금은 단순하게 살아보자 / 남들보다 조금 늦으면 어떻고 / 남들보다 조금 부족하면 어떠리 / 날마다 바다만 바라보며 / 연실 파도소리를 삼키면서 / 잡다한 세상사 외면하고 살아도 / 해맑은 꽃잎은 미소를 머금고 / 불어오는 해풍(海風)을 맞는 / 선명한 꽃잎들처럼 / 서두르지 말고 조금씩 닮아보자 / 기다림 속에서도 의연한 / 해당화의 속마음을.

앉은뱅이 꽃의 소망

　설렘과 두려움으로 함께한 시드니의 첫 모습은 낯섦과 어색함이었다. 서울의 하늘이나 땅과는 많이 달랐다. 눈앞에 펼쳐진 하늘은 넓고도 멀었고, 땅 위의 나무들은 크고도 높았다. 여기저기 널린 푸르른 잔디들도, 이국의 색다름을 더하긴 마찬가지였다. 이렇게 다가오던 다름과 낯설음들이, 더욱 지나온 시간들 속에 나를 붙잡아 놓던 어느 늦은 봄. 길가 후미진 구석마다 얼굴을 내밀고 있는, 눈에 익은 노란 꽃들을 보았다. 반가움은 낯익음에서 만은 아니었다. 잘 가꾸어진 화단 가운데 자리 잡지 못하고 척박한 곳에서 억척스럽게 살아가는 모습이, 마치 삶의 고단함을 토로하는 친구 같았기 때문이었다. 허나 반가워서 친해졌고, 위로와 평화를 주기도 했던 그때 그 노란 꽃이, 민들레가 맞는지 지금 난 알 수 없다.

　봄에 볼 수 있는 많은 꽃들 중에, 노란 꽃이 유독 많은 것은

　　　　　　　　중년, 담담하게 버티는

벌을 불러 모으기 위해서라고 한다. 몸 속의 배설물을 내보내는 습성을 노란색 위에서 갖는다는 벌들을 불러 모아, 종족을 번식시키려는 꽃들의 지혜이다. 시드니에도 노란 꽃과 함께, 봄에 피는 들꽃들은 하나 둘이 아니다. 사자 이빨을 닮은 잎들을 갖고 있다 하여 유래된 댄디라이온(민들레)은 파이어위드(개쑥갓), 캐츠이어(금혼초), 산초스(방가지똥)등의 노란 꽃들과 구별하기가 쉽지 않다. 이외에도 플랫위드라고 함께 불리는 뽀리뱅이, 고들빼기, 좀씀바귀, 금방망이에 이르기 까지 노란 야생화들이 어디 이들뿐이겠는가.

  민들레는 꽃을 피우기 위해 뿌리를 땅속 깊숙이 박고 톱니같은 잎을 땅바닥에 찰싹 붙인다. 그래서 우리는 이를 앉은뱅이 꽃이라고 까지 부른다. 촘촘한 꽃잎 안의 둥근 꽃 판에는 노란 꽃술들이 가득 담겨 있는데, 하늘을 향해 똑바로 서있어 마치 작은 해바라기 꽃처럼도 보인다. 일단 피어난 꽃일지라도 해가 지면 움츠러들어 봉오리 모양으로 접혀 있다가, 아침이 되면 원래대로 다시 활짝 피어나는 해맞이 꽃이기도 하다. 이렇듯 사나흘을 더 피어 있다가 완전히 꽃을 오므리고는, 꽃줄기를 쓰러뜨리고 잠자듯 오륙 일을 더 보낸다. 다른 잎에서 피어나는 꽃봉오리들을 위해서 자리를 양보해 주는 것이다. 그동안 누웠던 꽃줄기가 갑절로 건실해지고, 꽃씨도 충분히 여물려 지면 다시 몸을 일으켜 무릎 아래 높이까지 어느새 자라난다. 그러면 노란 꽃은 하얀 꽃으로 마법의 변신을 하게 되는 것이다. 이백 개 안팎의 은빛 솜털뭉치를 동그랗게 펼친, 꽃보다 더 환상적인 씨앗송이가 바로 그것이다.

민들레는 하늘로 가기 위해 이 땅에서 잠시 머무르는 꽃이라고도 한다. 까칠한 잎사귀마다 돌아가며 노란 꽃을 피우고, 또 하얀 씨앗송이를 만들다가, 가야 할 때가 되면 홀연히 떠난다. 바람을 타고 은빛 갓 털에 매달려 하늘로 하늘로 날아가는 것이다. 이해인 시인은 민들레의 생명과 운명을 이렇게도 이야기 한다. 은밀히 감겨간 생각의 실타래를 / 밖으로 풀어내긴 어쩐지 허전해서 / 차라리 입을 다문 노란 민들레 / 앉은뱅이 몸으로는 갈 길이 멀어 / 하얗게 머리 풀고 솜털 날리면 / 춤추는 나비들도 길 비켜 가네 / 꽃씨만한 행복을 이마에 얹고 / 바람한테 준 마음 후회 없어라 / 혼자서 생각하다 혼자서 별을 헤다 / 땅에서 하늘에서 다시 피는 민들레.

중년의 남녀라면 누구나 한번쯤 불러보았을 '일편단심 민들레'라는 노래가 있다. 어디서나 볼 수 있는 평범한 이 꽃이 왜 일편단심의 상징이 되었는지는 알 수 없다. 이곳 저곳 꽃말을 뒤져보아도 행복, 사랑, 이별, 교태 등 일편단심과는 그다지 상관이 없다. 민들레에 얽힌 전설에서도 관계를 찾을 수 없는 건 마찬가지다. 자기가 나고 자란 곳을 과감히 떠나서 새로운 곳에 씨를 내리고 터전을 잡는 모습은 일편단심과는 차라리 거리가 멀어 보인다. 민들레에 대한 오해는 또 있다. 많은 사람들은 '민들레 홀씨'라고 부른다. 바람에 살랑살랑 날아다니는 하얀 솜털을 삿갓처럼 쓴 그 씨앗이다. '홀씨'는 배우자 없이 혼자서 수정을 하는 식물들의 씨인 포자를 말한다. 민들레는 '홀씨'가 아니라 종자로 번식하는 속씨식물의 '홑씨'인 것이다. 간혹 날아다니다가 코로 들어와서 알레르기의 원흉으로 오해 받기도 하는데, 사실은 홑씨의 털은 꽃가루가 아니어서 전혀 상관이 없다.

문들레, 앉은뱅이, 미염둘레, 계란부침, 난쟁이 꽃에서 포공영에 이르기까지, 민들레는 우리와 가까운 꽃이어서 인지, 불리는 이름도 많다. 그 중에 포공영이라는 이름이 눈길을 끈다. 옛날 서당에서는 학생들에게, 민들레의 살아가는 모습에서 참을성, 굳셈, 예의바름, 다양한 쓰임, 베풀음, 자비, 효도, 인자함, 용맹함의 9가지 지혜를 가르치기 위한 목적으로 서당 앞뜰에 민들레를 부러 심었다고 한다. 그래서 서당은 민들레의 다른 이름인 앉은뱅이 집이라고도 불렀고, 그곳 훈장은 민들레의 또 다른 이름인 포공이라고도 했다. 이렇듯 민들레는 단지 강한 생명력뿐만 아니라, 많은 삶의 지혜를 오래 전부터 우리에게 가르쳐 주어 왔다.

요즘 조국의 민들레는 여름에도 가을에도 시도 때도 없이 핀다고 의아해하는 사람들이 많다. 또한 볼품없이 키만 더 커지고 생명력만 더 강해졌다고도 한다. 서양민들레를 말하는 것이다. 토종 민들레는 어디서든 찾아보기가 힘들어졌다고 걱정들이 많다. 이 두 꽃 사이의 차이는 꽃받침처럼 보이는 총포가 어디로 향했느냐의 차이만 있다. 시드니의 민들레는 물론 총포가 아래로 향한 서양민들레뿐이다. 집 주위에 너무 많아지는 민들레를 없애기 위한 묘책을 어느 교민이 카운실에 질의했더니, 정부 역시 특별한 대책이 없으니 이제부터는 뽑지만 말고 차라리 한번 사랑해보면 어떻겠냐는 답변을 보내왔다고 한다.

아무리 험한 상황에서도, 아무도 따뜻한 눈길 한번 주지 않아도, 오히려 이리저리 밟히고 채이면서도, 끝내는 백 리 밖까지 씨앗을 날려 보내, 그들만의 '민들레 영토'를 만들고 살아가는 들꽃. 그 민들레를 보면서 나는 우리 이민자들을 본다. 물설고 말설은 이국의 하늘 아래서, 조금만 힘들어도 투정하고 불평하다 포기하기 쉬운, 그러면서도 남을 의식하고 자존심과 체면의 굴레에서 또한 벗어나지 못하는 이민자들. 그들에게 앉은뱅이 꽃, 민들레는 소망이다.

제2화

길을 묻다

가만한 그녀 이야기

　시간까지 정해놓고 꼭 챙겨 보는 텔레비전 드라마 앞에서 꾸벅꾸벅 조는 그녀를 발견한다. 곧잘 내가 하던 모습이다. 그 좋아하던 야구 중계를 볼 때조차도 텔레비전 앞에서 나는 코를 골아가며 졸곤 했다. 그러지 말고 들어가 누워 자라고 그녀가 권하기라도 하면 정색을 했다. 그런 소릴 들을 때면 늘 안 잤다고 우겼다. 언제 잤냐고 때론 버럭 화를 낼 때도 있었다. 남들은 다 긴장해서 흥미진진하게 시청하는데 나만 혼자 존다는 게 여간 자존심 상하지 않았다. 들켰다는 생각은 더 참을 수 없었다. 그렇게 괜히 화를 내고 나면 어색한 시간이 곧 찾아왔다. 졸다 깨서 안 존 척 하고, 시치미를 떼가며 다시 졸았다. 이제 그녀가 나와 똑같은 모습으로 졸고 있다. 그녀 역시 수긍하기 싫어할 것이 분명하기에 그저 못 본 척 한다. 전날 밤 잠을 설쳤을까. 나이를 먹어가기 때문일까. 고개를 아래로 툭툭

　　　　　　　　　중년, 담담하게 버티는

떨구는 그녀의 모습에서 묘한 연대감을 느낀다. 물위를 스치고 퉁겨져 날아가는 물수제비처럼, 정신 없이 지나간 시간들. 허망하고 쓸쓸하기도 했지만 아늑하고 평화롭기도 했던 시간들. 그 시간들 속에서 떠밀려 흘러가다 보니, 어느덧 그녀 나이 육순이 다 되었다.

그녀를 처음 만난 건 대통령이 총을 맞고 죽던 해 겨울이었다. 서울 북쪽 변두리 동네의 성당 지하실로 친구를 따라 그녀가 들어왔었다. 노동 문제가 여기저기서 터지고 많은 야학들은 문을 닫거나 더 은밀한 곳으로 숨어들어가고 있던 때였다. 대학 생활을 막 시작한 풋풋한 신입생이 스스로 어둡고 음침한 곳을 찾아와 야학을 하겠다고 했다. 보통 남자만한 큰 키에 목까지 덮는 빨간 털 스웨터를 입고 있었다. 큰 눈에 긴 머리. 순해 보이는 얼굴에 말 수가 적었다. 야학의 사람들과는 다른 생각을 하며 대학 생활을 할 그런 첫 인상이었다. 그러나 시간이 지날수록 달랐다. 수업 시간은 물론이고 회의 때도 술자리에도 그녀는 늘 같이 있었다. 모든 사람들이 편해했고, 튀지는 않았지만 존재감은 모두에게 확실했다. 야학이 끝나면 그녀와 난 같은 막차를 타고 광화문으로 와서, 다시 막차를 타고 각자 집으로 갔다. 시간이 조금 남을 땐 소주잔을 기울이기도 했다. 그녀는 황석영의 '한 씨 연대기'를 들려주었고, 난 최인훈의 '광장'을 말해주었다. 듣는 것과 말하는 것은 같았고 동시여서 한 사람 같았다. 둘은 똑같이, 이제까지 무관했던 것들에도 쉽게 녹아 들었고 잘 받아들였다. 그렇듯 그녀와 난 많이 공감했고 늘 동감했다.

포장마차 안 건너편 의자에서 혼자 술잔을 기울이던 모르는 중년의 남자와 말이 통하기도 했다. 그럴 때면 화제는 서로의 가족으로 까지 넓어져 갔고, 둘이 함께하는 추억의 장은 이미 운명이라는 공동의 배를 타고 있었다. 나는 언제나 말 많은 조연이었고, 말없이 들어주는 그녀는 주인공 같았다. 게으른 선비가 남은 책장만 들척이며 세고 있듯 나는 늘 마음만 분주했고, 그녀는 그 모든 게 무심한듯했다. 그러나 언제나 함께 있어주고 끝까지 같이 해주는 그녀가 습관처럼 편해져 갔다. 군대와 취업이라는 벼랑 앞에 선 청년으로서, 난 그녀에게 미래의 꿈과 희망에 대해 말할 수 없었다. 신군부의 무력이 캠퍼스의 문을 아예 닫아 버리고, 야학은 풍비박산 나던 해 어느 날이었다. 맑은 수채화 속 먼 풍경의 희미한 산과 같았던 그녀가, 전철 안 많은 사람들 속에 있던 내 앞에서 눈물을 보였다. 군입대가 결정된 나에게 그녀는 처음으로 다가와 손을 내밀었는데, 난 기다리라는 말도 좋아한다는 말도 하지 못했다. 그녀 역시 아무 말도 하지 않았다. 그녀와 난 아직 불확실한 세상과 대적하기엔 용기가 부족했고, 불완전한 감정을 표현하기엔 여전히 서투른 나이였다.

그로부터 8년. 야학을 하다 군대를 갔고, 복학을 해서 취직

하고 결혼을 하기까지, 그녀와 나의 만남은 한 번도 인연의 끈을 놓아 본 적이 없었고, 어느 한 순간 절절하지 않았던 때가 없었다. 그녀는 동해안 '묵호' 바닷가 군부대를 아무 기척 없이 홀로 찾아오기도 했다. 서로는 수백 통의 편지를 주고받으며 수많은 밤을 그리움에 하얗게 새기도 했다. 사랑이라는 본질과 일상이라는 실존이 아무리 뒤엉켜 뒤죽박죽이 되어도, 온몸의 세포가 온갖 빛을 발하며 뜨거워져서 팝콘 튀듯 툭툭 터져 나오던 그 시절, 그녀와 난 주저하지 않았고 따지지 않았다. 그녀는 졸업하던 해, 한 명만 선발하는 서울시 역사부문 임용고시에 합격했고 선생님의 길에 들어섰다. 난 형틀과도 같았던 복학생 시절을 견뎌냈고 결국 대기업 신입사원이 될 수 있었다. 그렇게 여덟 해가 지나도록 아무도 결혼을 말하지 않았으나 누구도 사랑을 의심하지 않았다. 낯선 사연들이 불현듯 이어지고 온갖 인연이 뒤엉키면서, 그녀와 난 같은 운명 속으로 쑥 빨려 들어갔다. 우수한 유전자를 가진 신랑 신부는 많은 아이를 낳아야 한다는 남사스런 주례사를 들으며, 이십 대의 끄트머리에 결국 결혼에 골인한 것이다. 만나서 좋아하고 하나 되는 과정은 확실하고 구체적이었는데, 그 다음 계속 행복해지는 방법은 모호하고 막연했다. 때론 아픔과 시련이 더 단단하고 더 보기 좋은 그릇을 만들기도 하지만, 대부분 실제의 경우에선 보통의 그릇 조차 찌그러뜨리고 망가뜨리듯, 아찔도 했고 아슬아슬하기도 했다. 그렇듯 우리는 서로들에게 서툴렀고 어설펐다.

　얼마만 한 시간이 흘러갔을까. 얼마큼의 공간을 지나 왔을까. 두 번의 개체번식을 무사히 수행하고, 각자의 직장에서 이십 여 년 치열하게 버텨내며 앞만 보고 달렸다. 그 시절 주위사람들은 모두 똑 같은 모습으로 살고 있어서, 저녁이 있는 삶 같은 건 그 어디에도 존재하지 않았다. 그녀와 나도 일상이라는 질곡의 삶에서 무참한 시간을 보냈다. 그저 넌 그렇구나, 난 이런데 하며 꾸역꾸역 보냈던 시간들. 수학 문제 풀 듯 이해해서 답을 쓰는 것이 아니라, 손이 저절로 가서 답을 쓰게 되는 암기 과목 외우듯 살아온 삶의 조각들. 그 속에서 그녀는 늘 한결 같았다. 무심한 듯 담백한 그녀가 편했고, 같은 듯 달랐던 그녀는, 되고 싶은 또 다른 나의 모습이었다. 그녀는 '틀림없다'거나 '분명하다'는 투의 확신하거나 단호한 말을 잘 쓰지 않았다. 내가 혹여 과장하고 강조하는 투의 말을 사용할 때는, 싫은 표정을 감추지 않았다. 그래서 과장하고 단정하는 사람들이 종종 보이는 번복하고 부정하는 불편함이 그녀에겐 애초부터 없었다. 자신이 할 수 없는 것들을 겸손하게 인정하고 드러나지 않게 조심하는 그녀의 몸짓이 보기 좋았다. 그런 주저함이 담긴 부끄러워하는 그녀의 가만한 말투를 난 늘 듣기 좋아했다.

　중년의 나이에, 자식들의 교육과 노후의 삶이라는 두 가지 명제에 대한 탈출구로 이민을 선택했다. 생각하고 운을 뗀 것은 나지만, 확신을 더하고 실행에 옮길 수 있었던 것은 그녀의 선택 때문이었다. 나는 대기업 부장이라는 편하고 익숙한 자리를 박차고 나왔고, 그녀는 몇 달만 더 다니면 연금을 받을 텐데도 교직을 훌훌 털고 일어났다. 가족이 같은 공간에서 더 많은 시간을 함께할 수 있다는 기대로 설레던 마음을 감추지 못하던 그녀였다. 그러나 이민 온지 반 년 만에 나는 서울로 되돌아가고, 기러기 생활을 시작했다. 그녀는 십대 초반의 어린 두 딸을 양 손에 잡고, 낯설고 말설은 이국 땅의 황량한 길 한복판으로 내 팽개쳐진 것에 다름 아니었다. 어느 것 하나 직접 해본 것이 없었고 할 수 있는 것도 없었던 그녀지만, 그 어떤 것 하나 못할 것도 못한 것도 없었다. 떨어져 사는 3년여 동안, 애틋한 그리움은 간절한 소망을 낳았고, 그렇게 그녀의 중년도 이국의 낯선 하늘 아래서 덧없이 흘러가고 있었다.

40여 년간 만나고 30년 넘게 같이 산 지금의 내 존재가 그녀에겐 대체 뭘까. 그저 편하고 친근한 우정 같은 것일까. 굳이 생각하지 않아도 몸이 알아서 하는 습관 같은 것일까. 그녀의 가슴을 설렘과 흥분으로 쿵쾅 마구 뛰게 하는 것이 무엇인지 난 모른다. 그녀가 가장 좋아하는 노래도, 책도, 배우도, 난 정확하게 맞힐 자신이 없다. 환갑을 앞에 두고 이국의 하늘 아래서 살아가고 있는 그리고 또 살아가야 하는 그녀에게 지금의 꿈은 무엇일까. 우리네 인생에서 모든 질문에 언제나 다 답을 할 수는 없다지만, 모르는 건 끝도 없는데 알고 있는 건 초라하기만 하다. 그녀는 나보다 더 큰 사람이라 별다른 갈등 없이 삼십여 년을 보낼 수 있었다. 이제는 달랐던 취향과 기호마저 비슷해지고 안팎이 몹시 닮아졌는데, 나는 아직도 그녀에게 마음을 맞추어 주는 일이 많이 서투르기만 하다.

익숙한 손놀림으로 찬과 찌개를 뚝딱 차려내는 모습을 그저 바라다본다. 그녀에게 누구를 위해 먹을 것을 만든다는 것은 차라리 '기도'다. 언제 열어도 늘 같은 모습으로 정리되어있는, 옷 장 서랍 속은 차라리 그녀의 '마음'이다. 잠자리에 먼저 들어 간지 오랜 시간이 흘렀지만 잠들지 못하고 뒤척이면서도, 눈치 채지 못하게 밭은 숨을 더 얕게 내뱉는 그녀를 모른 척 한다. 그녀가 지금까지 겪어 왔고, 앞으로도 계속 겪어 갈 신산스런 삶이 느꺼워 목울대가 뜨거워진다. 언젠가 우리도 떠나겠고, 세상은 모르는 사람들의 온갖 가지 티격태격과 함께 변함없이 계속되겠지만, 나와 내가 사랑하는 그녀의 이야기는 그 속 깊숙이 흔적도 없이 사려져 가겠지……

이제까지 그녀에게 고통과 상처, 걱정과 근심은 차라리 세상의 중심이었다. 자신이 뭘 잘못했을지도 모른다는 헛헛한 생각과, 그렇지 않아야 한다는 먹먹한 고통에서 이제는 자유로운 그녀의 모습을 그려본다. 말에 얽매이지 않고 살아가는 가지런하고 가벼운 그녀의 남은 시간을 상상한다. "여름 어느 날/아무도 몰래/어느 유자나무 위로 내려앉은 햇살을/물에 풀어

　　　　　　　　　중년, 담담하게 버티는

마시는" 하얀 머리의 그녀에게 매일 안부를 물으며 살고 싶다. 그렇듯 평온을 유지하고 누리며 사는 곁님 이야기 속에서 늘 함께하는 나를 소망한다.

흐리멍덩해져서 편안해진다는
늙기의 기쁨

　출근 기차에 앉아서 무한한 햇볕을 느긋하게 받아들이는 가만한 나무들을 바라보며 부럽다는 뜬금없는 생각을 한다. 파라마타 강 위의 녹슨 철교를 건너며 바라다보이는 강물 위로 쏟아지는 아침 햇살의 반짝임은 장엄하기까지 하다. 수천수만 마리의 물고기들이 광합성이라도 하려는 듯 햇살을 받으려 일제히 물을 박차고 튀어 오른다.

　전철역 개찰구까지 아내의 배웅을 받으며 매일 출근한다는 것은 과분한 행복이다. 점심 도시락을 꺼내는 내 손은 만든 이의 정성과 변함없음에 대한 감동으로 내 마음처럼 떨린다. 집으로 돌아오는 퇴근 시간엔, 저녁 메뉴를 상상하며 머리는 폭죽처럼 엔도르핀을 터트리곤 한다.

일상을 벗어나 새로운 환경으로 들어서면 설레고 좋아야 하는 건데 이 나이엔 꼭 그런 것도 아니다. 익숙한 건 편한 것인가 보다. 혼자 소파에서 티브이 보며 깜빡 졸다가, 멀리 여행을 떠난 아내가 늘 그러하듯 옆에서 수도쿠하며 있는 것 같아 돌아다본다. 흐리멍덩해져서 편안해진다는 늙기의 기쁨이 좀 슬퍼진다.

사사롭고 소소로운 일로 오해를 하고 스스로를 자책했다. 그때마다 상대가 먼저 손을 내밀어 오길 고집스레 기다렸다. 그것만이 관계를 회복할 수 있는 유일한 길이라고 고집했다. 그러면서 많은 시간을 걱정과 근심 속에서 보내기도 했다. 이젠 타인에게 휘둘리지 말자. 받아서 마음에 담아 놓으면 걱정 근심이 되겠지만 내려놓으면 마음의 평화가 찾아온다. 누군가 공을 던진다고 그것을 꼭 받을 필요는 없는 거다. 그 누구도 본인의 허락 없이 상처를 줄 수는 없는 거다.

'삐졌지'라는 확신이 담긴 질문은 갈등을 만든다. '서운한 거 있어'라는 염려가 담긴 질문은 해결의 실마리를 만든다. 아무리 분명한 사실도 확신하면, 상대와 갈등의 실마리가 되는 게 경험상 맞다. 내가 그래 봐서 잘 안다. 잘 삐지고 남한테 금방 읽히고 결국 한 소리 듣는다. 또 삐졌어? 이 말을 한두 번 듣는 게 아닌데도, 들을 때마다 기분이 나쁘다. 사실이지만 아닌 척하고 싶다. 확실해도 염려를 담아 우회적으로 말하면, 맘을

열 수 있는데, 늘 도돌이표다. 삐졌냐는 지적에 삐지고, 삐지는 나를 보며 또다시 삐진다. 누가 삐졌냐고 말하면, 나는 서운하냐고 듣는 거다. 그리고 차근차근 내 마음을 열어 조곤조곤 보여주는 거다.

자기를 내려놓으면 자유롭다고 한다. 더 이상 지켜야 할 '자기'가 없기 때문이리라. 우리는 남들에게 무시당하지 않으려고 전전긍긍하며 산다. 따돌림당하지 않을까 늘 염려하면서 말이다. 다른 이들의 말과 시선에 민감하다. 삶이 고달프다고 느끼는 것은 그 때문일 것이다. 하지만 나는 지켜야 할 "자기나 나"가 남아있지도 않은데, 왜 맨날 무시당하지 않으려 전전긍긍하고 염려하며 살고 있을까. 때론 가족들 사이에 틈도 보였고 그 사이로 매서운 바람도 지나갔었지만, 그 틈 때문에 무너지지 않고 버틸 수 있었는지도 모른다. 제주도의 돌담들처럼.

아무 일 없는 날들과 별일 없는 날들 속에서도, 다행을 만나고 설렘과 기분 좋은 날들이 될 수 있을까. 아이들을 모두 성공적으로 세상에 런칭시키고, 이젠 남은 시간 속에서, 무엇인가를 또 아쉬워하고 아까워하며 살겠지. 따로 또 같이 살아야 한다. 타인의 과제에 용감하게 자유로워져야 한다.

그저 잘 늙고 잘 낡아가야 할 텐데. 늘어나는 새치와 주름들이 지혜를 보장하지 않듯이, 겉으로만 먹는 나이를 내세우지 않고도, 존재 자체가 어른인 그냥 어른이 된다는 게, 그리 쉽지

중년, 담담하게 버티는

않다는 걸 점점 더 깨달아 가는 요즘이다. 그냥 간신히라도 진짜 어른처럼 되길 바라면, 그건 과분한 욕심일까.

오늘도 같이 일어나고, 같이 걷고, 같이 먹고, 같이 잔다. 육십이 넘었으니 이번 소풍도 꽤 멀리 왔다. 참 잘했다. 잘 참고 잘 견디고 때론 잘 잊고 또 잘 버텼다. 변함없이 최선을 다하면서 평범하게 그리고 착하게. 나름 아름답게 살아온 지난 모습은 박수받기에 부족함이 없다고 믿는다. 아침 햇살 온기를 받으며 소소한 잡담을 나누고, 저녁노을을 바라보며 미쳐 못 꺼내 본 마음들도 함께 하면서, 가만가만 걷고 싶다. 남은 세월 뽐낼 정도로 근사하지는 못해도, 소박하게 아름다운 모습이기를 바라며.

내가 안다, 네가 사랑한다는 거

참았던 눈물이 터진 것은 어머니의 그 말 한마디 때문이었다. 가볍게 안았던 어머니의 품은 너무나 작고 약해 조금이라도 힘을 주면 부서져 버릴 것 같았다. "엄마 사랑해."라는 작별의 말을 입 밖에 내지 못하고 있던 나는, 어머니를 안은 채 그저 얕은 숨소리만 내고 있었다. 어머니는 패혈증과 뇌경색으로 두 번이나 쓰러진 후 벌써 한 달 가까이 움직이시지도 못하고 말씀도 못하시고 계셨다. 그러시던 어머니의 앙상한 어깨가 조금 흔들리는 듯싶더니 입을 오물거리셨다. "내가 안다. 네가 엄마를 사랑한다는 거."

육 개월 전이었던 올 봄이었다. 어머니께서는 일 년 가까이 차고 계셨던 소변 줄로부터 시작된 요도 감염으로 패혈증을 맞으셨다. 의사표현이 불가능해졌고 가족을 못 알아보시더니 헛것을 보고 헛소리를 하시는 섬망 증세마저 보이셨다. 다행히 시간이 지나면서 호전되어 패혈증 전 상황으로 회복되는가 싶었는데, 세 달이 채 지나기도 전에 뇌경색으로 또다시 쓰러지셨다. 결국 온몸을 못 움직이게 되셨고 대소변을 받기 시작했다. 이번엔 지난번과 달랐다. 기억력은 계속 현저히 떨어져만 갔고, 가족을 못 알아보시는 횟수도 점점 늘어갔다. 말씀도 어눌해지기 시작한지 두 달 만에 완전히 어머니는 또 다른 어머니가 되셨다.

전화로조차 소통이 불가능하게 되자, 나는 결국 열 시간 넘게 걸리는 서울행 비행기를 탔다. 대화를 할 수 없어 더 이상 소통하지 못 함은, 곧 이 세상에 존재하지 않는다는 것과 다를 것이 없었다. 마지막일 수도 있다는 생각을 떨쳐 버릴 수 없었고, 못 알아보시기 전에 보아야 한다는 강박 관념은, 이다음 나를 괴롭힐 나 자신으로부터 벗어나고 싶다는 간절함일 수도 있었다. 그렇게 만난 어머니는 생각보단 좋기도 했지만 또한 생각보다 훨씬 나쁘기도 했다.

이미 욕창은 생겼다 아물었다를 반복하고 있었고, 지방이 다 빠진 두 다리는 누르면 눌린 채로 한동안 그대로 남아 있는 근육만이 앙상한 뼈에 붙어 있었다. 뇌간질 치료를 위한 처방약들은 멘탈을 급격히 악화시키는 중이었으나, 아직도 희미하게 남아있는 온전한 정신은 그러한 자신을 참을 수 없어 하시기도 하셨다. 온몸을 못 움직이셔서 기저귀를 차고 계시면서도 화장실을 가야 한다고 우기셨다. 화장지 한 통을 다 풀어 헤쳐 기저귀 밑에 자꾸 밀어 넣으셨다. 그러시다 어느 날은 '이 방 같이 이렇게 지옥 같은 세상이 어디 있냐."하시며 눈을 감고 고개를 돌리기도 하셨다. 자신이 처한 상황을 받아들이고 포기하시기 까지 얼마나 많은 시간을 힘겹게 싸우셔야 할까. 이 화두는 단지 어머니만의 것은 아니었다. 이다음 나의 문제일 수 있음을, 미리 알려주시는 것 같았다.

외국에 산다는 핑계로 찾아 뵙기가 어려우면 전화라도 자주 드려야 할 텐데 그러지 못하는 자신의 게으름이 늘 답답했었다. 통화를 할 때마다 한번은 꼭 눈물을 보이고 마는 어머님 때문에 마음은 더 무겁기만 했다. 반갑다고 우셨고 기쁘다고 우셨고 그냥 목소리를 들으면 눈물이 난다고 또 우셨다. 워낙에 젊어서부터 눈물이 많기는 했으나 아버지를 먼저 보내신 후 삼십여 년 혼자 사시고 있어서 더욱 마음이 아련해 지는 것도 또한 어쩔 수 없었다.

지난해 봄 어느 새벽, 그날은 늘 화사하고 활동적이셨던 어머니에게 180도 다른 삶이 처음으로 시작된 날이었다. 참을 수 없는 복통으로 응급실에 실려 가시기 전까지는, 노인들에게 흔히 있다는 오줌소태 정도로만 알고 있었다. 허나 이십여 년 전 자궁암 치료로 받았던 방사선 때문에 방광 내벽에서 출혈이 멈추지 않는 특별한 문제를 갖고 있다는 사실을 비로소

중년, 담담하게 버티는

알게 되었다. 정상적인 배뇨가 불가능해지고 소변줄의 도움을 받아야 했는데, 그나마 출혈로 인해 소변줄이 언제 막힐 지 알 수 없어 퇴원이 불가능했다. 그로부터 지금까지 병원에서 한발 작도 나오지 못하시고 일 년 반을 견뎌내셔야만 했다.

어머니께서는 네 명의 자녀를 두셨다. 모두 특별히 속 썩히지 않고 잘 자라주었으나, 그만큼 또 너무 평범하기도 하였다. 근근이 먹고 사는 정도도 모두 그만 그만하여, 어머니의 형편 역시 언제나 애틋하기는 마찬가지였다. 아버지를 먼저 보내시고 아파트에 혼자 사신 지가 이십오 년이 넘었다. 그 사이 아들 둘은 십여 년의 간격으로 이민을 가서 곁을 떠났다. 고국에서 그러했듯 이민 생활이 만만치 않은 것은 당연했다. 아무리 자식들 스스로 결정해서 떠난 이민이라지만, 녹녹하지 않은 이국의 삶은 늘 어머님에겐 한숨과 걱정의 대상이었다. 장남은 IMF때 쓰러진 사업을 결국 회복시키지 못하고, 이젠 시간과 더불어 커버린, 다음 세대에 의지할 수밖에 없는, 추레한 노년의 모습으로 너무 일찍 가버렸다. 가장 어려운 상황에서 전전긍긍하던 장남은 성격적으로도 어머니와 너무 달랐다. 말도 표현도 적은데다 적극적이지도 못해, 늘 그런 장남의 무기력해 보이는 태도는 어머님의 마음에 계륵이 되었다.

하나밖에 없는 맏딸은 일찍이 생활전선으로 뛰어든 지 벌써 강산이 두 번이나 변했고, 육십을 넘기면서도 아직까지 벌

수 밖에 없는 여자로 살고 있음은 어머니의 또 다른 아픔이셨다. 일찍이 시작한 장사의 길에서 집안 경제를 마지막까지 꾸려 가셨던 어머니께서는, 그렇게 같은 길을 걸어갈 수밖에 없는 딸의 삶이 그저 안타까우실 뿐이었다. 그나마 하나밖에 없는 유일한 대화의 상대가 될 딸은, 비슷한 성격 탓에 살가운 관계보단 부딪힐 때가 많아 또 다른 눈물 바람의 이유가 되기도 했다.

중환자실 창밖으로 보이는 플라타너스 잎들이 하나 둘 누런 빛으로 변하더니 눈에 띄게 그 수가 줄고 있었다. 그 모습을 바라보시던 어머니께서는 "저 나무가 날 닮았구나. 누렇게 잎들은 색이 변하고 가지들은 앙상해 지는 게 여든 넘게 나이 먹은 나처럼 말이다." 라며 당신의 마음을 표현하시기도 하셨다. 그런 말을 들을 때면 마음이 스산해졌다. 문득 이런 게 인생이려니, 이렇게 야위고 아프다가 마침내는…… 푸르스름한 그늘이 드리운 눈 밑으로 끙끙 앓는 소리가 주름이 되어 깊게 잡혀져 있었다.

모든 일을 미루고 어머니께 달려온 후, 한 달 동안 매일같이 병원 침상에서 얼굴을 맞대고 있었다. 그 귀한 시간 동안 난 하나라도 더 내 생각을 이야기하는데 만 열중했다. 내 눈 높이로만 바라봤던 이야기. 때론 목소리조차 높여가며 설명하고 강조하는 것도 모자라 설득하고 강요하기도 하였다. 어머니

　　　　　　　　　　　중년, 담담하게 버티는

에게도 분명 수많은 경험을 통해 만들어진 당신만의 특별한 생각과 판단이 있었을 텐데⋯⋯ 내 생각만 늘어놓던 나를 바라보며 묵묵히 미소만 짓던 그때, 어머니는 무슨 생각을 했었을까. "미안해. 엄마."

어머니를 중환자실 하얀 베드 위에 남겨둔 채 돌아오는 비행기를 탔다. 사랑한다는 당신의 말 대신, 당신을 사랑하는 자식의 마음을 먼저 헤아려 주시던 어머님의 깊은 마음을 뒤로했다. 병원의 간병사, 간호사들 모두, 둘째 아들이 외국으로 돌아가면 어머님은 이제 눈을 감을 것이라고 하던 말들이 비행기를 타고 오는 내내 머리를 떠나지 않았다. 마침내 돌아가야 할 어머니 앞에 남겨진 날들을 생각했다. 고요하고 아늑하게 돌이켜 보는 지난 시간들처럼, 그렇게 순하고 자연스러운 마음으로 남은 날들을 만나시도록 두 눈을 감고 두 손을 모았다.

열 한 시간이 지나자 여름은 겨울로 바뀌어져 있었고, 알 수 없는 언어와 낯선 머리 색깔의 사람들이 사는 세상 속으로 떨어져 있었다. "엄마 고마워." "엄마 미안해." "엄마 사랑해." 어떤 말 하나 제대로 전하지 못했다. 북반구의 한반도를 거쳐 왔을지도 모르는 서늘한 바람이 멜번 공항에 분다. 어제 서울에서 맞았던 바람과는 사뭇 다른 바람이다. 서울에서의 길었던 여름은 어느새 기억 저편을 돌아 멀리 멀어지고, 멜번의 낯선 봄이 달려오고 있었다. "사랑해. 엄마."

낯설고 서툰 어느 이별

패혈증의 후유증이 채 가시기도 전에 어머니는 두 번이나 더 뇌경색으로 쓰러졌다. 더 이상 전화로 어머니와의 대화가 불가능해진 후 비행기를 타지 않을 수 없었다. 그리고 서울에서의 한 달, 매일 어머니 곁에서 이제까지 한 번도 가져보지 못한 단 둘만의 시간을 가졌다. 돌아오는 날 간호사들은 이렇게 말했다. 호주로 돌아가고 나면 어머닌 오래 버티지 못할 거라고. 멜번으로 돌아온 지 열흘째 되던 날이었다. 서울에서 다급한 전화가 왔다. 열흘 만에 난 다시 서울 가는 비행기에 몸을 실었다. 간호사들은 다시 말했다. 호주 아들이 오는 것을 보려고 꺼져가는 생명을 기적같이 붙잡은 것 같다고. 비록 눈을 뜨거나 말을 하지는 못했지만 귀는 열려 있으므로 알 거라고 했다. 죽음의 경계에서 처절하게 사투를 벌이시는 어머니를 볼 수 없어 난 이렇게 울면서 기도했다. 시간은 흐르고 세상은 멈

중년, 담담하게 버티는

쳐, 어머니가 삶의 끈을 놓으시는 그 시간, 다시 세상을 돌려 달라고. 겨우 이틀을 못 버티신 어머니 앞에서 난 그렇게 어머니를 미리 보내 드리려 했다. 생을 놓은 어머니의 마지막 얼굴은 평소처럼 평화롭고 순해 보였다. 어머니는 떠났다. 세상은 어머닐 잊겠지만, 함께 했던 그 시간들 속엔 언제나 계실 것을 믿는다. 그 기억은 모두 어머니다. 어머니는 이젠 기억이다.

삼일 동안 빈소를 차리고 상도와 상례를 갖춰 조객을 맞는 것은 죽음의 또 다른 현실이었다. 상조회사 덕분에, 장례식장에서 화장장을 거쳐 유골을 안치하고 마지막 삼우제까지의 모든 준비와 절차가 순조롭게 진행된 것은, 상주 입장에선 다행스러운 일이었다. 먹고 살아야 하는 일에 몰두하느라 모친상에 조의를 표해줄 지인 한 명 제대로 갖지 못하고, 휑한 빈소에 피붙이 자기 가족끼리만 덩그러니 남아있는 쓸쓸한 풍경을 간혹 상상한 적이 있었다. 그것은 철저히 타인으로 세상을 살아온 초라한 자식들 삶의 모습과 다르지 않을 것이다. 조문객들의 시선이나 판단은 참을 수 있어도, 영정 사진 속의 어머니와 그러한 빈소 풍경을 함께 해야 된다는 건 차라리 죽음보다 더한 고통이라고 생각했었다. 다행히 그런 우려는 기우가 되었다. 십여 년 전에 이민을 가서 그 동안 주위의 경조사를 전혀 챙길 수 없었는데도, 잊지 않고 찾아온 이들이 있었다. 졸업 후 삼십 년도 넘어 처음 보는 친구들도 보였다. 지금은 연락처조차 모르는 지인들까지도 찾아 오셨다. 그래서 고마움 보다 미안함이 더 컸다. 내가 알고 있던 것 보다 훨씬 더 따뜻한 세상은, 그렇게 날 더 무르익으라고 가르쳐주고 있었다.

어머니는 가족들과 함께 있었던 시간 보다 더 길고 많은 시간을 홀로 지냈었다. 그때의 인연으로 찾아오신, 처음 뵙거나 말로만 들었던 많은 조문객들도 있었다. 그분들의 진정한 애도와 위로는 잊을 수 없을 것이다. 자식으로도 알지 못하는 또 다른 세상에서 사셨던 낯 설은 어머니의 모습들을 들었다. 죽음으로써 철저히 객관화되어 전해져 온 어머니 삶에 대한 타인의 전언들을 하나 둘 가슴에 담으며, 내 죽음은 어떤 유산으로 전해질지 두려웠다. 이렇게 손을 잡아주고 마음을 덮어주는 따뜻한 이들의 조문은 바로 어머니가 살아오신 삶의 향기와 무게에 다름 아니었다.

육신이 타 없어지고 한줌의 유골로 남는 과정은 너무 무참해서, 초라한 감성의 자투리마저 무감각하게 만들었다. 기계 속 부품과도 같이 규격화된 화장 시설. 제조 공장의 콘베어벨트 같이 진행되는 화장 절차. 시장 바닥 같은 화장터 복도에 기대어, 소리 없이 울고 있는 딸 같은 젊은 여자. 누군가에게는 소중한 사람이었을 한 사람의 육신이 사라지는 이곳 승화원의 풍경은, 어머니 죽음을 내 마음 속에서 끄집어내어 슬픔과 아픔을 희석시키고 객관화 시켰다. 저녁에 눈을 감고 잠이 들듯이, 누구에게나 있고 언제나 있는 인생의 보편적인 모습 중 하나라고. 원래부터 있었던 삶의 다른 이름일 뿐이라고. 화장터는 죽음을 말했다.

어머니를 모시고 난 후, 삼우제까지 이틀 동안, 삼십 년이 다된 아버지 묘도 이장했다. 파묘를 하고 납골을 수습하고 화장을 한 다음, 고향 선산을 떠나 어머니 곁으로 모셨다. 모든 과정을 하나하나 직접 확인하면서, 죽음은 나에게 결코 멀리 있는 것이 아니라는 것을 또한 알았다. 어머니는 화장을 원했지만 아버지는 너무 오래 전이라 알 수 없었다. 아버지의 개장과 화장은 순전히 자식들의 판단과 의지로 단행되었다. 그 결정은 봉분을 언제까지 제대로 관리할 수 있겠는가라는 의문에 대한 비겁한 대답이었는지도 모른다. 내 자식들이 부모의 무덤이나 봉안조차 제대로 돌보지 못할 수도 있다는 예감은 그래서 피할 수 없는 운명처럼 다가왔다. 내가 죽음의 문턱 앞에 서는 날이 오면, 부모님의 유골을 나무 밑에 뿌려, 마지막 남은 육신의 흔적까지도 자연으로 돌아갈 수 있게 해 드리고 싶다. 나의 육체적 죽음 역시 유골함에 봉안되지 않고 나무와 흙속으로 돌아가 자연과 함께 영원히 회귀할 수 있기를 또한 소망한다.

이봉창 의사와 윤봉길 의사가 거사를 일으키었던 그 해였다. 지금은 휴전선 비무장 지대 안에 위치한 '백학' 마을의 '벼락바위'라는 작은 동네에서, 구 남매의 막내로 어머니는 태어났다. 낳아주신 어머니는 젖도 물리기 전에 돌아가시고, 언니 오빠 집들을 오가며 조카들 틈바구니에서 성장했다. 눈치를 받고 또 눈치를 보며 늘 서늘한 기운을 등에 이고 자라났다. 먹고 살아남아야 하는 문제에서 아무도 자유로울 수 없었던 식민지 시절, 부모 없이 자라난 어머니의 유년기는 생존의 냉혹함과 엄중함을 너무 일찍 알려 주었다. 큰오빠 가족을 따라 서울로 올라온 어머니는 초등학교를 졸업하자 양재학원을 다녔고, 이러한 옷과의 인연은 이십 년 넘게 포목점을 하시며 네 명의 자식들을 모두 키워내는 고갱이가 되었다. 악착같은 생활력으로 남부럽지 않게 재산을 모았던 칠십 년대 후반, 대대적인 도시개발 과정 속에서 가게와 건물 등 전 재산을 수용 당했다. 그 후 쉰을 넘어 다시 시작했던 모든 사업들은 뜻대로 되지 않았고, 평생 동안 쌓아온 주위 사람들과의 관계는 산산조각 나면서 회복될 수 없는 상처로 부모님의 가슴을 찢어놓았다. 쓰러지신 아버지는 긴 투병 끝에 먼저 떠나가셨고, 육십도 안 돼 홀로 남은 어머니는 순탄할 수 없는 황혼을 맞이했다. 육십이 되던 해 찾아온 자궁암을 꿋꿋하게 이겨낸 어머니는 종교를 받아들여 여생을 믿음과 신앙으로 살아가셨다.

난 어머니의 출생과 성장 과정을 잘 모른다. 아니 아버지를 먼저 보내시고 혼자 살았던 지난 20여 년 시간들도 마찬가지다. 누구를 얼마나 자주 만나고, 무엇을 이야기하고, 그들과의 관계에서 어떤 역할과 의미를 갖는 존재였는지 알 지 못한다.

중년, 담담하게 버티는

어머니는 늘 간헐적으로 대충 말씀해 주었고, 나는 무관심하게 흘려 들었었다. 여기저기 남아있는 기억의 편린들이 추측하게 할 뿐이다. 어머니를 기억하는 그 어떤 것도 그래서 오롯한 어머니가 아니다. 온전한 어머니는 이젠 어디에도 존재하지 않는다. 어머니가 죽도록 사랑한 것도, 어머니를 죽도록 사랑한 것도 모른다. 어머니의 죽음 앞에서 난 그저 낯선 타인일 뿐이다. 어머니의 삶은 지금 어디로 간 것일까. 시간과 함께 떠나가 버린 어머니와 내가 함께 살았던 그 모든 것들은 어디로 사라진 것일까. 과거의 기억이 되어 잊혀져 가는 모든 것들은 지금 나에게 무엇일까. 어머니는 돌아가신 게 아니라 내 맘 속으로 돌아오신 건지도 모른다. 그렇듯 시간이 흐르면 나도 내 자식들 맘속으로 들어가고 세상과 작별하겠지. 어머니의 DNA를 실은 유전자라는 배가 나한테 와서 항해를 끝내었듯, 나도 그렇게 항해를 해 가다 자식들에게 가서 아주 멈추겠지. 어려선 낳아주신 분을 그리워하다가, 나이 들어선 낳은 자식들을 그리워하고, 늙어선 예수를 진정으로 그리워하셨다. 유난히 길었던 가을의 뒤꼍, 무참히 허물어지며 황망하게 지나가버린 가을의 끄트머리. 평생을 간절한 그리움으로만 사셨던 어머니는 이 가을, 아름다운 전설이 되어 내 마음 속으로 영영 돌아 오셨다.

첫 번째 패혈증의 후유증으로 스스로 움직이지도 못하고 병상에 누워 대소변을 받기 시작하던 초가을이었다. 나는 마지막 어머니와의 눈 맞춤일 수도 있다는 생각으로 귀국길에 올랐다. 하루가 다르게 야위고 쇠하시는 어머니 곁에서, 죽음은 결코 어느 날 갑자기 찾아오는 것이 아니라, 끔찍하게 힘든 시간을 아주 오래 아프면서 서서히 찾아오는 것이라는 걸 알았다. 가을이 깊어져야 나뭇잎들이 붉게 물들듯, 어머니도 조금씩 다른 세상 빛깔로 바뀌어 가던 어느 날이었다. 간호사들의 우려를 뒤로한 채 어머니를 휠체어에 태우고 병원 앞 공원으로 나왔다. 플라타너스 우듬지에 걸린 파란 가을 하늘은 높고 또 깊었다. 아름드리나무들 사이로 불어오는 부드러운 바람을 온몸으로 느끼는 듯 어머니는 지그시 눈을 감고 순한 미소를 짓기도 했다. 무표정하게 한동안 앞을 바라보시더니 이렇게 혼잣말을 하셨다.

"병실엔 사람이 항상 있으니, 늘 조심스럽구나. 아파도 마음 놓고 울 수가 없어. 집이 아니라서……." 가을 햇빛에 반사되어 반짝이는 가을 풍경은 이미 젖어버린 눈가에 산란되어 나무도 벤치도 사람들도 구별할 수 없었다. "니가 엄마를 위해 얼마나 애쓰고, 엄마를 얼마나 사랑하는 지를 내가 잘 안다." 나는 그렇게 어머니와 함께한 그날 공원의 가을 오후를 잊을 수 없다. 가끔 이 세상에서 나를 가장 많이 사랑하는 사람은 누구일까를 생각한 적이 있다. "탔던 배 꺼지는 시간/ 구명대 서로 사양하며/ '너만은 제발 살아다오' 할/ 그 사람"이 나에게도 있을까를 말이다. 어머니를 태운 휠체어를 밀며, 가을 햇빛과 눈물에 반사되어 세상을 분간할 수 없었던 그날, 그 사람이 어머니라는 것을 난 비로서 알았다.

두 번째 뇌경색으로 의식을 잃으셨던 그날 저녁이었다. 병원 측에선 조폭 영화에서나 보았을 듯한 제목의 서류 한 장을 내밀었다. '신체포기각서'라는 무시무시한 말이 연상되어서 일까. '심폐소생술포기각서'라는 서류는 황망함 그 자체였다. 그것이 무엇을 의미하는지 모를 리 없었다. 호흡이나 심장이 멈췄을 때, 온갖 기계장치를 이용하거나 약물을 주입하면서 무의미 할 수도 있는 생명 연장 행위를 하겠느냐 말겠느냐고 묻는 것이라는 것쯤은 알고 있었다. 뿐만 아니라 이런 행위가 인간의 삶이 갖는 존엄한 서사성과는 완전히 별개로, 단지 생물학적 생존의 차원에서 주체적인 삶을 영위할 수 없음에도 과연 필요한 것이냐는, 그런 논란의 중심에 서있는 화두라는 것도 잘 알고 있었다. 그러나 그것은 모두 내 일이 아닐 때의 명제였다.

무의식 상태에서 몇 년간 중환자실을 오가며 수 차례나 위급 상황을 맞았었다는 바로 옆 베드의 할머니가 있었다. 어느 날 새벽, 할머니에게 '코드블루'가 뜨고 수 분만에 십여 명의 의사와 간호사들이 모여들었다. 할머니의 앙상한 앞가슴은 풀어 헤쳐진 채, 제대로 말 한번 나눠 본 적 없는 낯선 이들의 차가운 시선 앞에서, 가련한 한 마리 새끼 동물처럼 누워계셨다.

연약한 할머니의 갈비뼈로는 도저히 감당할 수 없을 것 같은 심장마사지와 전기 충격이 가해졌다. 다 벗겨진 채 통나무처럼 굴려지던 하얗고 건조한 할머니의 몸 위 구멍들에 삽관이 행해지고 온갖 약물이 주입되었다. 셀 수 없이 많은 호스를 온몸에 달고, 알 수 없는 그래프로 꽉 차있는 기계에서 파란 불들이 들어오기 시작 한 후, 한참 만에야 하나 둘 가족들이 왔다. 또 몇 번이나 이런 과정을 반복해야 할머니를 놓아줄 수 있을까. 듣지도 보지도 말하지도 못하시는 할머니가 원하던 삶 속엔, 지금 이런 모습도 들어 있었을까. 그러나 그것은 드라마나 책 속에서의 이야기처럼, 옆 베드의 모르는 할머니 이야기였을 뿐이었다.

내가 주인공이 되어 내 부모의 삶을 결정하는 순간에는 완전히 다른 이야기가 되어 있었다. 난 결코 그렇게는 죽지 않겠다고 확신하면서도, 어머님의 존엄한 죽음 앞에서는 흔들리고 괴로워했다. 어떤 게 정답인지는 다 잘 알고 있었지만, 아무도 말하지 않았다. 어머니와의 이별은 그렇듯 서툴렀고, 또 낯설었다.

"어머니 병원으로 가셔야 되요. 하루 종일 간호인이 옆에 있고, 춥도 덥도 않게 냉난방도 잘되고, 때가 되면 꼬박꼬박 밥도 챙겨다 주잖아요. 집에선 누가 어머니 소변 줄을 위생적으로 갈아 줄 수나 있겠어요." 집에서 있고 싶으시다는 어머니의 간

중년, 담담하게 버티는

절함을 뒤로하고 병원으로 모셨다. 읽으시던 성경책도 일기장도 그대로 펴놓으신 채, 널어놓으신 빨래 감을 개키지도 못하신 채, 베란다엔 가지런히 잘 익은 감들을 가을 남은 볕 아래 늘어놓으신 채로 정든 집을 비우고 등 떠밀려 나오셨다. 그렇게 나온 지 일 년도 안 되어 어머니는 싸늘한 몸이 되어 돌아가셨다.

병원으로 모신 것은 차라리 병시중이 어려운 자식의 입장 때문이었을 것이다. 부모에게 최선을 다하는 모습으로 남에게 비쳐지고 싶은 때문이었을 수도 있다. 등 떠밀어 병원으로 내몰았고, 결국 집 떠나 임종을 맞도록 했으나, 아무도 그것이 잘못이었다고 말하는 사람은 없었다. 꽃구경시켜 드린다며 부모를 지게에 지고 산으로 들어갔다던 고려장과 다를 바 없었다. 어머님이 끝내 자식들에게 못 이기시는 척 병원에 계셨던 것은, 고려장 가는 어미가 자식 돌아갈 길 걱정에 나뭇가지를 꺾어 표식을 남겼던 그런 마음 이셨으리라. 내가 오늘도 삶의 고비길 마다 헤매지 않고 살아갈 수 있는 것은 어머니가 꺾어준 나뭇가지 표식 때문이었음을 믿는다. 언젠가 내 자식이 꽃구경을 가자고 말할 그날이 오면, 기꺼이 등에 업혀가며 가지를 꺾어 표식을 남겨줄 그런 부모가 나도 될 수 있을까.

헐렁한 옷을 입었는데도 왠지 가슴이 답답했다. 어머니의 하얀 머리카락보다 더 하얗던 베드 시트. 호흡마저 힘겹게 했던 지독한 크레졸 냄새. 길고 지루한 하루를 저 끝으로 밀어 내던 아무도 보지 않던 소리 없는 TV화면. 고통의 시간을 재듯 툭툭 떨어지는 링거액을 하나 둘 세며 잠을 청했을 어두운 병실. 병원에서 겪었을 어머니의 꽃구경을 생각하며 오늘도 난 운다. 소리 없이 입술을 물고 운다.

구름 사이로 초승달의 희미한 빛이 어둑한 서녁 하늘 가장자리에 걸려있는 차가운 새벽이다. 하얀 이슬로 낯선 이국 땅 위에 내려오신 어머니를 조심스레 밟으며 오늘도 산책길을 걷는다. 어머니께서 사셨던 그곳 서울은 머지않아 눈도 내리고 한파가 밀려올 텐데, 문득 지금 머물고 계실 알 수 없는 그곳은 서울 같을지 멜번 같을지 속절없이 궁금해졌다. 마지막 가시는 길을 허무하게 마중하고 돌아서는 담담한 내 모습이 너무 낯설어 당혹스러웠었다. 어머니가 없는 세상을 제대로 견뎌낼 자신이 없어서 더욱 무심한 척 떠나 보내려 했었다. 어머니의 삶은 그렇게 아름답지도 부끄럽지도 않았다. 멀리 내다 볼 수도 없었고 깊이 들여다 볼 수도 없었던 어머니의 삶. 그 어지러운 삶의 시간들은 뒤섞여, 확인할 수 없는 사실이 되기도 하고, 기억할 수 없는 추억이 되기도 한다.

병상에 누워서도 만나는 사람들 마다 숫저운 미소를 지어 보이시던 어머니를 생각하며, 오늘도 새벽 흰 이슬로 내려오신 길 위를 걷는다. 걸어야 할 때가 있다. 어디로든 가야 할 때

중년, 담담하게 버티는

가 있다. 걸어서 가는 것 말고는 다른 어떤 일도 할 수 없을 때
가 있다. "....../ 오지 않는 너를 기다리며/ 마침내 나는 너에
게 간다/ ....../ 내 가슴에 쿵쿵거리는 모든 발자국 따라/ 너를
기다리는 동안 나는 너에게 가고 있다." 시인의 말처럼, 쿵쿵
발자국 소리 따라오지 않을 어머니에게 내가 간다. 고개 숙여
또 한 번 목젖을 삼키면서 걷는다. 이렇게 걷고 또 걷다 보면
어디까지 갈 수 있을까. 언제까지 갈 수 있을까. 어머닌 어디에
도 없었으나 또한 언제나 있었다.

아버지, 낯설은 이름

"안녕하셨는지요. 저도 많이 변했지요. 나이 육십 중반만큼 들어 보이나요. 그리 오래지 않아 저도 이 세상을 떠나고 누군가의 마음속으로 들어가겠지요. 그땐 함께 뵐 수도 있는 건가요. 아버지도 어머니와 늘 곁에 같이 계시는 건지요. 보고 싶습니다"

오늘은 부활절 날이다. 부모님 유골이 안치된 서현에 왔다. 부모님도 부활하실 수 있을까 라는 엉뚱한 생각을 했다. 너무 긴 시간이 지났을 것 같다. 육신이 세상을 떠난 지 아버지는 30년이 벌써 지났고 어머니는 10년이 다되었다. 예수처럼 사망 직전의 육을 온전히 간직한 채 영이 동반되기에는 그 시간의 간극이 너무 크다. 예수는 돌아가신지 3일 만에 부활을 제자들에게 확인시키고 40일 만에 곧 다시 죽음 이후의 세계로 되돌아 가시지 않았는가. 그렇다 이 세상에서의 부활은 짧았다. 부

중년, 담담하게 버티는

활은 이 세상이 아닌 저 세상의 이야기인 것 같다.

돌아가신 분에 대한 이미지는 긴 시간에 걸쳐 기억으로 남아있는데 흔히들 돌아가시기 직전의 모습으로만 고인을 기억하는 듯하다. 빈소의 영정 사진도 그렇고 안치된 유골함 주위에도 고인의 청년기나 한창 때의 사진을 보기는 쉽지 않다. 고인을 추모함이란 온전히 그의 전 생애를 다루어야 할 것이다. 태어나서 자라고 결혼해서 자식을 낳고 그들을 키우고 본인은 늙어 병들고 아파하다 이 세상을 떠났다면 그 모든 것이 온전히 다 포함되어야 할 것이다. 하지만 난 부모님의 많은 부분을 모른다. 어떻게 자라서 얼마나 열심히 사랑을 하고 무엇에 기뻐했고 또 왜 슬퍼했는지 역시 알 지 못한다. 나는 부모의 얼마 만큼을 알고 있는 것일까. 그리고 그것은 얼마나 정확한 것일까.

망자를 추모함이란 무엇인지를 생각한다. 영과 육을 기억하고 소환하기엔 너무 많은 기와 내공이 필요할 듯하다. 그들은 지금 어디서 무엇을 하고 있을까. 전원 플러그를 뽑아 버린 컴퓨터의 하드웨어 같은 것일까. 아무리 오랜 시간 공동의 추억과 시간을 공유했어도 지금 나의 시공간을 벗어난 모든 것은 그저 없음과 다름 아니다. 없음은 존재하지 않음이고 또한 존재하지 않았음과도 차이가 없다. 생각의 무력함이 온몸을 허탈하게 만든다. 지난 시간들 속의 떠나간 사람들이 또한 지금의 나를 한없이 무참하게 만든다.

어찌 보면 죽음도 부활처럼 이세상의 언어가 아니다. 저 세상의 말일 뿐이다. 이 세상에서 저 세상의 사람들은 단지 내가 생각하면 찾아오고 내가 그리우면 나타난다. 저 세상의 그는 이 세상의 나이다. 돌아가신 부모님은 내 안으로 들어오신 것에 다름 아니다. 유골을 안치했다 함은 그저 연관된 다른 피붙이들과 지인들을 위해 어떤 공동의 장소를 만든 것일 뿐이다. 그 장소에 온 것 만으로 그들을 제대로 만났다 할 순 없다. 내 안에 들어오신 그 분들이 나오셔야 한다. 내 안에서 부활하셔야 한다. 이천여 년 전 예수가 부활한 날 나는 내 안으로 33년 전과 6년 전 들어오신 부모님의 부활을 생각한다.

"아버지…… 낯설은 이름입니다. 긴 투병과 그로 인한 가족들의 힘든 기억을 뒤로 남기시고, 떠나신 지 벌써 수십 년이 지났습니다. 그 동안 이렇게 불러 본적도 편지를 쓰거나 긴 시간 생각해본 기억도 없습니다. 이제 당신의 손녀들마저 당신이 떠날 때의 제 나이를 지났습니다. 그들이 생각하는 지금의 제 모습이 아버지를 생각하는 저의 모습과, 무엇이 같고 무엇이 다른지 생각해봅니다.

생각해보면 그 시대 다른 모든 가장들께서 그러했듯이, 당신도 힘든 질곡의 시대를 버텨 내시면서, 가족의 생존을 홀로 두 어깨에 짊어지셔야 만했던, 외롭고 힘든 시간들을 살아가셨겠지요. 그래도 제 기억 속의 당신은 그 시대 다른 아버지와는 달리 덜 가부장적이고 덜 권위적이었음을 기억합니다. 비록 지금의 신세대 아빠들처럼 스킨십에 말로 사랑을 표현하는 정도는 아니었지만, 중년을 넘어선 지금의 저의 모습 보다는 그래도 훨씬 정감 있는 멋진 아버지였음을 분명히 기억합니다. 방학이 되면 시골로 유원지로 가족 여행을 갔었고, 지금의 세종문화회관인 옛 '시민회관'에서 만화 영화를 상영할 때면, 자식들 손을 잡고 꼭 보러 갔었지요. 영화가 끝나면 종로의 '한일관'에서 노란 놋쇠 불 판에 불고기를 구워 먹던 행복했던 시간들도 물론 함께 있습니다.

이제 저는 당신의 힘들었던 성장기도 객관적으로 생각할 수 있을 만큼 나이를 먹었습니다. 당신의 아버지는 당신이 학교를 다니기도 전에, 마을 전체를 휩쓸고 지나간 역병과 함께 세상을 등지셨다지요. 일제시대와 해방과 육이오라는 격랑의 시간들을 당신의 어머니와 둘이서 온전히 버티셔야 했고, 결국은 북쪽의 고향을 떠나 남쪽으로 내려오셨습니다. 그 지난한 세월을 홀어머니 모시고, 아직은 어린 나이의 외동아들로 살아야 했던, 그래서 겪을 수밖에 없었던 힘겨움을 어찌 짐작할 수 없겠습니까. 남대문 시장에서 장사를 시작하신 당신께서는 많은 돈도 버셨지만, 또한 사업을 하시면서 많은 돈도 잃으셨지요. 그러기를 몇 번 반복하셨고요. 좋은 집과 작은집을 오고 가며 이사해야 했던, 선명한 어린 시절 기억들을 가지고 있습니다.

한창 더 사셔야 하는 육순의 나이에, 치명적인 지병으로 몇 번의 생사를 넘는 사투를 이겨내지 못하시고, 가족들과 이별을 하셨습니다. 긴 투병 생활에 많은 경제적인 문제와 가족들의 심신이 지치긴 하였으나, 그렇기 때문에 또한 당신의 이별은 다른 측면에서, 남은 가족들이 새롭게 시작할 수 있는 힘이 되기도 하였습니다.

처음으로 긴 시간 아버지의 인생을 생각해 봅니다. 그리고 지금의 내 모습을 아버지의 모습에 비춰봅니다. 너무도 많이 닮은 외모뿐 만 아니라, 세상을 살아가는 방법 또한 지금의 저와 유사함을 발견합니다. 내성적이며 숙기가 적은 편이지요. 큰 변화를 꾀하지도 않고요. 그래서 늘 현실에 충실하고 일상에 감사하며 모험을 택하지 않습니다. 원칙과 룰을 지키려 무던히 애를 쓰지요. 개인적으로는 세상 일에 관심도 많고 개방적인 생각도 갖고 있지만, 주위에 비춰지는 모습은 늘 보수적이고 자기 감정 표현에 많이 인색합니다. 당신의 모습과 많이 비슷한 지요? 바로 지금 저의 모습이기도 합니다.

저는 당신께서 인생에서 딱 한번 시도하신 큰 변화를 따라했습니다. 북쪽의 고향을 뒤로하고 남쪽으로 오셨듯이, 저는 한국을 뒤로하고 호주로 이민을 왔습니다. 자식들은 아버지의 뒷모습을 닮는다고 하지요. 당신의 치열한 인생을 뒤에서 바라

중년, 담담하게 버티는

보며 자식들이 가질 수 있었던 희망과 절망, 기쁨과 슬픔, 그 모든 것들을 받고 싶습니다. 당신만큼 고민하고 최선을 다해 살 수 있는, 그런 자식이며 또한 아버지가 되고 싶습니다"

케언즈에서 찾는 가고 싶은 그 섬

여행은 볼 것, 먹을 것 그리고 사람이 있어 즐거운 것이라고 한다. 굳이 이 세 가지의 순서를 매 길 필요야 없겠지만, 나이 들면서 중요도의 자리가 바뀌는 것은 어쩔 수 없다. 젊을 때야 먹고 자고 보는 것 보다 그저 여럿이서 함께 떠난다는 그 사실 자체가 제일 큰 즐거움이었다. 허나 귀밑머리가 희끗해 지고 다 큰 여식들까지 함께하는 여행이라면 무엇보다도 편안한 여행을 최우선으로 생각하지 않을 수 없다. 여행 안내인을 오히려 눈치보고 서로 불편해 하면 어쩌나 하는 걱정은 잊기로 했다. 그저 안락함만을 하녀처럼 거느리고 한껏 게을러져 보기로 했다.

케언즈, 꼭 그곳이 아니어도 상관없었는지 모르겠다. 근사하게 먹고 즐길 생각만은 아니었다. 그럴듯한 풍경과 자연 속에서 단지 감탄하고 낭만에 젖어 보려는 건 더욱 아니었다. 일

중년, 담담하게 버티는

상을 떠나 낯선 곳에서 사소한 이야기들을 나누며 가족들 서로의 마음에 가보고 싶었다. 어느 시인의 말처럼 그곳에 가고 싶었다. "사람들 사이에 섬이 있다. / 그 섬에 가고 싶다."

출발 사흘을 앞두고 일정을 이틀 앞으로 당기는 해프닝 덕분에 몇 차례 현지 안내인과 전화를 했다. 굵고 묵직한데다 경우 바르고 친절하기까지 한 목소리가 이 분야에서 연륜 있는 배타랑임에 분명하다는 짐작을 하게 했다. 그러나 공항에서 처음 본 그의 모습은 예상과 많이 달랐다. 아이들 보다 작은 키에 눌러쓴 카우보이모자. 붉은 색 선글라스를 쓰고 온 몸으로 하는 이야기. 소탈한 웃음과 과분한 친절. 그리고 무엇보다도 모든 말을 "있지요" 로 끝내는 특이한 화법. 그는 '복'자로 끝나는 이름을 가진 케언즈의 여행사 주인이자 우리들의 안내인이었다. 케언즈의 공기는 후덥지근하지도 무덥지도 않았다. '복' 사장에게서 불어오는 유쾌한 바람이 모두의 마음을 상쾌하게 하기에 넉넉했다.

1억2천만년 전에 아마존 밀림보다도 먼저 시작됐다는 세계에서 가장 오래된 퀸스랜드 열대 우림 지역이 이곳 케언즈 북쪽에 있는데 그 역사만큼이나 다양하고 희귀한 동식물들이 많이 살고 있기로도 유명하다. "환상적인 파랑 색이 검은색 테두리에 감싸져 있는 나비가 있지요. '율리시스(Ulysses)나비'라고 퀸스랜드의 엠블럼인 것 있지요."

어떤 색의 순도가 아주 높으면 마치 어둠 속에서 느끼는 형광 빛처럼 환각적인 장면이 연출됨을 알게 되었다. 초록의 숲이나 푸르른 하늘을 배경으로 마치 정지되어 있는 것처럼 흔들림 없이 날아가는 '율리시스나비'는 확연히 구별되는 그 영롱한 색으로 인해 3차원 영상을 보는 듯 했다. '아바타'라는 먼 우주의 어느 녹색 행성에서 찾아온 다른 세상의 생명체처럼 말이다. "한 번 보면 하루가, 두 번 보면 일 년이 행복하고 세 번 보면 평생소원이 이루어진다는 것 있지요."

대부분 나비들의 고향은 호주 대륙이라고 한다. 그리고 세상에서 제일 아름다운 나비가 바로 이 호주에만 사는 '율리시스나비'라고 한다. 열대 우림을 관통하는 케이블카인 '스카이레일'에서 두 번, 베트남전에서 맹위를 떨친 '아미덕(Amy Duck)'이라는 수륙 양용 차에서 한 번, 거짓말 같이 나는 정말 이 나비를 그날 세 번 봤다. '복'사장 말대로 라면 난 평생의 꿈이 이루어져야 한다. "처음인 것 있지요. 하루에 세 번 보신 분은요." 아마도 그날 세 번 본 그것이 이미 이루어져 버린 소원이었었는지 모르겠다.

그날 저녁 난 로비에 잠깐 선채로 그가 나보다 한 살 연하라는 것과 딸아이가 독립하자 일본에서의 오랜 직장생활을 접고 이곳으로 이민 와서 제2의 인생을 살고 있다는 것을 알게 되었다. 비록 '복'사장과 소주 한잔 기울이며 그의 인생과 세상을

중년, 담담하게 버티는

모두 다 이야기하지는 못했지만, 그의 넘치는 열정과 몸에 밴 겸손만 가지고도 충분히 느낄 수 있었다. 그의 가족이라는 섬들은 서로 얼마나 떨어져 있는지를. 그리고 서로의 섬들을 얼마나 자주 오가면서 진심으로 이해하고 위로하며 같이 살아가고 있는지를. 가장 하고 싶었던 일을, 가장 살고 싶었던 곳에서, 가장 같이 있고 싶은 사람과 함께, 그렇게 중년의 '복'사장은 남태평양의 작열하는 태양 아래 소망스런 꿈을 꾸고 있었다.

달에서도 보이는 지구의 구조물이 두 개 있는데 하나는 만리장성이고 또 하나가 바로 이곳 '그레이트 배리어 리프'라고 부르는 산호초 군락이라고 한다. 스노클링을 통해 들여다본 물 속이나, 산소통을 매고 들어가 직접 만져본 바다 속 그곳은, 지상의 그 어떤 것들 보다 아름답고 기묘한 산호초들과 열대어들로 또 다른 신비스런 세상을 만들고 있었다. 바다 속에서 살면서 새끼를 낳아 젖을 먹여 키운다는 '듀공'도, 영화 제목으로 더 잘 알려진 만화 주인공같이 생긴 물고기 '니모'도, 밤이면 등딱지에서 수천 개의 별이 쏟아져 나와 밤하늘을 밝히면서 인어공주에게 바다 이야기를 들려준다는 바로 그 '초록거북이'도 이곳에서 살고 있는 한식구들이다.

'복'사장이 이 일을 시작한지가 3개월 밖에 안되었다는 사실도 알게 되었다. 적지 않은 나이에 이 일을 위해 디플로마 공부를 마쳤고 3년을 준비했다고 한다. '복'사장의 열정은 은빛 바다위로 떨어져 떠다니는 쪽빛 하늘 위 구름들과 함께, 우리의 마음속으로 평화롭게 젖어 들어와 잊혀지지 않을 감동을 만들었다.

'사람들 사이에 섬이 있다'. 큰 애가 대학을 졸업하고, 작은 애는 고등학교를 졸업했다. 또 한 여자는 같은 이불을 덮고 산 지 25년이 되었다. 내 곁엔 아주 가까이 세 개의 섬이 있다. 자식들 교육을 위해서 이민을 왔다. 이십 년 직장을 미련 없이 뒤로 했다. 아내는 연금 자격을 6개월 앞두고 모든 걸 내려놓은 채 이민 짐을 쌌다. 아이들을 위해서였다고 생각했다. 허나 그것은 착각이었다. 초등학교와 중학교 졸업반에 감행된 자식들에게 있어서의 이민은, 언어와 사춘기라는 처절한 싸움터로 발가벗겨져 내보내진 것이나 다름없었다. 들리지 않고 말할 수 없어 과묵 형 학생이 될 수밖에 없다는 것이 자식들에겐 어떤 것이었을까. 너무도 다른 이방인의 세상에서 희망과 꿈이라는 것이 있기는 했을까. 자식들 입장에서 생각하고 자식들과 함께 고민하고 결정하지 않은 이민은 자식들을 위한 이민이 결코 될 수 없었다. 남은 것은 단지 깊은 상처뿐이었다.

그렇듯 아픔은 덧나고 또 터지고 다시 굳으며 켜켜이 세월과 함께 아물어갔다. 포기하고 받아들이길 버릇처럼 반복하며 길들여진 그들에게 낯선 땅에서의 상처와 아픔은 서로 누구도 꺼내지 않는 이야기가 되었다. 그렇듯 아이들이 자라고 커져서 어른이 되어버린다는 것은 점점 더 섬들 사이가 멀어진다는 것이리라. '그 섬에 가고 싶다'.

'복'사장의 열정을 만나고 가족들과 사소한 마음을 주고 받을 수 있었던 케언즈 여행을 통해, 섬들 사이에 있는 물의 단절을 넘어 내 마음이 가족들의 마음에 온전히 가 닿는 시작이 되기를 바란다. 내 마음이라는 섬이 점점 커져서 서로들의 마음이 서로 닿을 수 있게 이어주는 그런 사람이 되고 싶다.

유전자 유감

자라면서부터 다 큰 지금까지 우리 집 아이들이 언제나 하는 레퍼토리가 하나 있다. 자기 뜻대로 무슨 일이 잘 안 풀리거나 아니면 심심해서 무료하다 싶을 때면 여지없이 아빠에게 와서 하는 말이다. "아빠 때문이야. 아빠 때문이란 말이야." 때론 어이없기도 했지만 이젠 그러려니 하고 넘어간다. 오히려 그 말이 기다려지기 까지도 한다. 헌데 요즘 들어선 이유가 하나 더 늘었다. 이마가 넓고 발가락이 짧고 심지어 얼굴의 여드름 까지도 아빠 때문이라는 것이다.

우리 몸은 약 60조개의 세포로 이루어져 있다고 한다. 그리고 이 세포 마다 에는 46개씩의 염색체들이 들어있다. 우리들에게 아주 낯익은 DNA라는 것은 바로 이 염색체 안에 들어 있는데 그 중 약 3%가 바로 유전적 정보를 갖고 있는 유전자들이라고 한다. 눈, 코, 입에서 발가락까지의 신체는 물론이고 잠자

중년, 담담하게 버티는

는 습관에서 성격이나 생리 현상까지 부모를 꼭 빼 닮게 되는
바로 그 원인 제공자이다. 때론 고모, 이모에서 몇 대조의 조상
까지 거슬러 올라가 그대로 똑같이 닮기도 하니 신비스럽기만
하다. 흑인 부모 사이에서 백인 아이가 태어나는 것도 이상한
일이 아니라고 한다. 만일 먼 어느 조상 중에 백인이 있었다면
말이다. 이 모든 것이 바로 DNA에 있는 유전자 때문이다.

　우리 몸 안의 모든 조직과 기관을 만들고 있는 기본 단위는
세포이다. 그런데 이 세포의 운명은 바로 유전자에 의해 미리
정해져 있다고 한다. 유전자에 이미 프로그램 되어있는 대로
정해진 시간이 지나면 매초마다 약 5천만 개의 세포가 죽게 되
고 동시에 새로운 세포가 다시 탄생한다. 엄청난 규모에 놀라
지 않을 수 없다. 첨단 의학이나 생명과학은 단지 절대자께서
이미 만들어 놓으신 그 프로그램 정보를 찾아내는 것에 다름
아니다. 그런데 그 정보는 새로운 생명을 탄생시키는 프로세
스 속에서 DNA의 유전자와 함께 고스란히 전달되어 자손들
에게서 면면히 이어져 간다. 아버지의 몸은 비록 죽어도, 아버
지의 유전자를 이어 받은 자식의 몸 속에서 영원히 죽지 않고
살아있는 듯 말이다.

　아버지는 세상에서 말하길 일촌이라 한다. 그러나 인터넷
싸이월드에서 아버지를 일촌으로 맺고 있는 사람은 거의 없는
듯싶다. 그곳에서의 일촌이 가장 가까운 관계를 일컫듯 나의

진짜 일촌은 얼마나 가까운지 생각해본다.

나에게 있어 아버지의 존재는 행복의 조건도 불행의 이유
도 아니었다. 요즘 신세대 아버지들의 넘치는 자상함이나 가정
만이 세상의 중심인 그런 모습과는 거리가 멀었다. 그러나 그
시대 아버지들의 보편적 모습이기도 했던 권위, 외도, 폭력 같
은 것들도 나의 아버지는 아니었다. 중년이 지나고 찾아온 사
업 실패로 인한 경제적 시련과 설상가상으로 덮쳐온 병마와의
싸움을 참으로 오래 버티셨다. 결국 육순을 맞으시며 당신은
말없고 힘없는 모습만을 자식들에게 남기시고 세상을 떠나셨
다. 병상에서의 세월, 그 십 년 동안, 모든 것을 놓으신 쓸쓸한
아버지와 조차도 나는 아무런 소통을 하지 못하였다.

가장 좋아하는 가수의 노래는 무엇인지, 가장 감명 깊었던
책이나 영화는 어느 것인지, 가장 여행하고 싶은 곳은 어디고
정말 해보고 싶었던 꿈은 무엇이었는지 아버지의 이런 것들이
궁금할 때가 있다. 아프시기 전에는 어려서라고 핑계를 대더라
도 아프신 후에는 그나마 없으셨던 권위마저 다 내려놓으신 무
장해제 상태이셨다. 그러한 아버지에게 무엇이 그리도 어려웠
는지 당신에게 말 걸기는 건널 수 없는 강처럼 아득하기만 했
었다. 그럴 수밖에 없었던 것 마저 아버지에게서 넘어온 피할
수 없는 유전자의 정해진 모습일까. 유전자라는 이름으로 구속
될 수밖에 없는 아버지의 운명이자 또 나의 운명일까.

중년, 담담하게 버티는

병상의 아버지에게 달려가 "아버지 때문입니다. 아시죠. 다 아버지 때문이란 거"라고 밑도 끝도 없는 허튼 소리라도 한다면 아버지께서는 분명 고개를 끄덕이시고 그저 바라만 보셨을 것이다. 힘들고 어려울 때 이를 떠넘길 수 있는 사랑하는 사람이 존재한다는 것은 복 받은 것이라고 생각한다. 일촌 아버지에게 책임지라고, 아빠 때문이라고, 막무가내인 자식은 차라리 행복해 보인다.

"아빠 때문이야"라며 소파로 뛰어와 안기려는 내 자식의 행동이 내가 갖지 못한 살가운 소통의 재주였음을 이제 사 깨닫는다. 일촌인 아버지와 소통하지 못하는 바로 그, 피할 수 없는 유전자의 구속에서 빗겨간 자식이 다행스러워 보인다.

"우리 각자는 유전자라는 짐을 싣고 삶을 항해하는 배이다. 해서 우리가 이 짐을 다음 항구로 실어 갈 수만 있다면 우리의 삶은 결코 헛된 것이 아니다."라고 "요슈타인 가아더"는 그의 소설 '소피의 세계'에서 말한다. 인간을 포함한 모든 동물과 식물들은 그들의 유전자를 통해서 생김새에서 습관, 성질까지 모든 것을 다음 세대로 전해준다. 아버지는 나에게 유전자로 전해져 내 안에 살아 계시고, 나는 또 자식에게 건너가 그 속에 살고 있음을 말하는 것 같다.

아프리카 말에 '우분투(Ubuntu)'란 단어가 있다. 남아공 월드컵 중계 화면에 잡히는 도시의 벽에서도 볼 수 있고 "만델라"의 연설에서도 자주 접할 수 있다. '우리를 가져다가 나로 만든다.'는 다분히 철학적인 말이다. 나(I)와 우리(WE)가 동시에 있다는 것이며 둘은 분리될 수 없다는 뜻이라고 한다. '우리(WE)'를 거꾸로 뒤집으면 '나(ME)'가 되는 것도 우연의 일치만은 아닌 듯싶다. 최초의 인간으로부터 시작해서 아버지까지, 그 안의 모든 '우리'가 내 안에 함께 살고 있는 것과 다름 아니다. 그렇듯 먼 먼 후손들에게 까지도 마찬가지 겠다.

절대자께서는 영원히 사는 것을 그토록 갈망하는 인간들에게 DNA라는 유전자를 통해 아마도 영생을 주신 것 같다. 그러나 자식들에겐 영생 바로 그 유전자가, 또 다른 구속으로 다가와 피해갈 수 없는 운명이 되기도 한다.

중년, 담담하게 버티는

이민 1.5세대 딸의 어느 한해

"엄마, 악어 이빨 봤어? 오늘 오후엔 '멜버른' 동물원에 실습을 가서……" 딸아이와 아내의 대화가 시골집 덧문 창호지에 은은히 스며드는 아침 햇살만큼이나 평화롭다. '빅토리아주'로 혼자 내려가 공부를 하고 있으면서, 소소한 일상의 소중함을 되찾고 있는 딸아이가 그저 다행스럽고 고맙다. 누구에게는 희망의 봄일 수도 있었을 그 어느 한 해가, 누구에게는 절망의 겨울이기도 했다. 떨리는 가슴을 쓸어 내리며 아무 말 못하고 바라만 볼 수밖에 없었던 딸아이는 용케도 그 지긋지긋한 경쟁과 혼돈의 무참했던 시간들을 잘 버텨냈다.

7년 전, 10대 초반 딸아이에게 있어 이민은, 언어와 사춘기라는 처절한 싸움터로 발가벗겨져 내보내진 것이나 다름없었다. 외향적이었던 아이는 움츠려 들기 시작하며 자기만의 세상을 쌓아갔고, 리더십이 강했던 아이는 들리지 않고 말하지 못해 과묵 형 학생이 되어 갈 수밖에 없었다. 동양인의 가늘고 긴 검은 머리칼을 신기하다고 만져대던 백인 아이들. 그들에게 그렇게 둘러싸여 책상에 앉은 채 고개를 수굿이 떨어뜨리고 아무것도 할 수 없었던 사춘기 아이. 그 아이에게 있어 이민은 어떤 것이었을까.

억울하게 책임을 뒤집어쓰고서도 선생님에게 적극적으로 항의해 부당함을 시정하기엔, 영어가 부족해서 그저 조용히 받아들이는 편이 오히려 마음 편했던 아이. 그로 인해 방과 후 남아서 학교 운동장을 몇 바퀴씩 그냥 걷기만 하는 벌을 받으면서, 그 아이는 또 얼마나 답답하고 막막하고 아득했을까.

어느 것 하나도 제 맘대로 할 수 없는 낯선 세상 속에서, 과연 꿈과 희망이라는 것이 있기는 했을까. 우리 가족의 이민은, 진정 자식을 위한 이민이 될 수 없었다. 남은 것은 상처뿐이었다. 그 상처는 아물지 못하고 아이의 가슴속에 남아, 7년이 지난 지금 다시 아이를 거세게 흔들고 있었다.

"내가 무엇을 좋아하는지 모르겠어. 하고 싶은 것이 무엇인지도 모르겠고. 왜 이렇게 공부해서 대학을 가야 되는 거야……" 축 처진 어깨 사이로 고개를 떨어뜨리며 스며들듯 내뱉는 소리는, 감당할 수 없어 떨리는 딸아이의 마음을 그대로 담고 있었다. "다시 한국으로 돌아가면 안 될까. 차라리 유학생이었으면……" 이미 충혈 되어 축축이 젖은 두 눈은 "엄마, 나를 어떻게 좀 해줘, 나는 이제 더 이상 아무것도 못하겠어……
" 라는 절절한 호소에 다름 아니었다.

남들은 마지막 스퍼트를 낸다며 혼신을 다해 집중하고, 온 가족도 하나가 되어 뒷바라지 한다는 그시기에, 열여덟 고3인 딸아이는 스스로 허물어지기 시작했다. 남에게는 아무렇지도 않을 가만한 산들바람이, 열여덟 딸아이에겐 몸을 가누지도 못할 폭풍으로 다가와, 모든 걸 휩쓸어 가고 있었다. 딸아이가 방황을 하고 있었다.

문제는 이민 온 이 나라에서 자신이 하고 싶은 것이 무엇인지 모르겠다는 것에서부터 시작 했다. 언어는 물론이고 다른 어느 것 하나 남들보다 잘하는 재주도 없고, 관심이나 열정조차도 없다는 것이었다. 하고 싶은 것도, 할 수 있는 것도, 잘 하는 것도, 모두 모르겠다는 바로 그 것이 문제였다.

그러나 더욱 중요한 문제는 자신이 주변인이고 경계인 일 수밖에 없는 이민 1.5세대임을 느끼게 되면서부터였다. 학년이 올라갈수록 이방인의 나라는 더욱 멀어져만 가고, 자신은 점점 더 떠나온 고국에 빠져들어 갔던 것이다. 나이가 들면서 그 많던 노랑머리 서양 친구들은 하나 둘 떨어져 나가고, 한국 친구들 사이에 끼여 있는 자신만이 보였다. 이 나라 TV나 신문을 보는 시간은 줄어 가고, 대부분 인터넷으로 한국 소식만 찾았다. 노래도 드라마도 한국 것만 보고, 옷도 생활용품도 인터넷 쇼핑으로 한국에서 구매하는 경우가 늘어만 갔다.

이렇게 한국 문화 속에 빠져들면 들수록, 이 나라는 점점 더 넘지 못할 산처럼 커져만 가고 낯설어져만 갔던 것이다. 더구나 대학입시가 가까워지자 친구들은 과외다 학원이다 사교육에 열을 올렸고, 대학의 소위 인기학과는 호주 수능인 HSC 성적순으로 이미 서열이 정해져 있었다. 한국의 모습과 전혀 다르지 않다고 생각하게 되었으리라.

그렇게 한국은 다가오고 호주는 멀어지는데, 자신은 이민 1.5세대의 정체성이라는 늪에서 허우적대며 방황하게 되었다는 것, 그것이 더 큰 문제로의 출발이었다. 주위의 남들은 모두 확실한 자기의 적성을 알고 그 길로 전력을 다해 뛰어가는 것만 같다고 생각하니, 더욱 비참하고 두려웠으리라. 게다가 그저 남들처럼 따라서 공부하다, 부모가 권하는 대로 대학가고, 데면데면 먹고 살 수밖에 없는 게 내 인생이라 생각하니, 어찌 기운 빠지고 한심해지지 않았겠는가. 겨우 열여덟인데.

학교를 갔다 올 땐 늘 눈언저리가 벌개져 있곤 했다. 책들은 구석으로 밀어놓고 아무것도 안 하면서 학교를 안 가곤 했다. 며칠씩을 그렇게 누워만 있었다. 경쟁에선 뒤쳐지기 시작했고, 그럴수록 딸아이는 더욱 자신만의 세계에서 나오려 하지 않았다. 어느 날인가는 학교를 잠시 쉬겠다는 일방적인 결정을 내리고는, 아르바이트 자리를 찾아 다니기도 했다. 급기

중년, 담담하게 버티는

야 아내는 앓아 누워버리고, 집안은 그저 쑥대밭처럼 황폐해져 갔다. 아빠라는 가장은 문제를 해결할 지혜도 권위도 없음을 침묵으로 반증할 수밖에 없었다.

왜 이시기에, 왜 이렇게 악수를 던지는 건가. 부모의 눈높이에선 이해할 수도 충고할 수도 없는 참으로 황망한 것이었다. 이민 1.5세대 자식을 키우면서 한번 정도는 겪을 수도 있는 일이라고 하기엔 너무 힘들고 아팠다. 모든 것이 뒤엉켜 그저 혼미할 뿐이었다. 이민을 왔기 때문에 생긴 문제라는 생각에, 한국의 대학으로 진학하면 문제가 풀릴 수 있을까라는 고민도 했다. 더 좋은 교육 환경을 만들어 준다고 온 이민 길인데, 이렇듯 되돌아가야만 하는 게 맞는지의 자괴감에 잠을 이룰 수가 없었다. 허황한 마음은 점점 먹먹해져만 가고, 가족 어느 누구도 어떻게 해야 할지 알 수 없었다.

공부를 못하겠다는, 그래서 학교를 안 가겠다는 자식의 말에, 왜 부모가 헤어날 수 없는 나락으로 떨어지는 그런 기분을 가져야 하는지. 남의 자식이라면 쿨한척, 의식 있고 깨어있는 부모인척, 그럴듯한 훈수 한마디 던질 일이었다. 호주 '시드니'의 고등학교 학생 중 1/3은 졸업 전에 학교를 떠나 다른 길을 가고, 또 1/3은 졸업 후 바로 대학을 안 간다고 한다. 판검사의 아이가 용접 일을 해도, 대학교수의 아이가 건설 현장에서 배관공을 해도 전혀 이상하게 받아들이지 않는 그런 나라에 와있는 우리였다.

이민을 왜 왔냐는 질문이라도 받을 때는, 자식 때문이라는 핑계를 대답 중에 빼먹지 않았었다. 치열한 경쟁의 악다구니 속에서 자식들을 자유롭게 만들어준 괜찮은 부모라고 은근히 힘을 주고 살았다. 허나 현실은 내 생각과 달랐다. 조국과 비교하면 한없이 여유롭고 경쟁이 덜하다고 믿었는데, 정작 딸아이 본인에게는 약이 독이 되듯 더욱 근본적인 딜레마에 빠진 것이다. 어찌 되었건 간에 공부를 해야 한다는 대전제는 지켜야 하는 것인데… 딸아이의 모습은 언제나 가족들 마음 깊이 무겁게 남아서, 제자리를 맴돌고만 있었다. 아무것도 상황을 변화시켜주지 못했다.

젊음이 모두 아름답고 행복한 것은 아니다. 젊다고 모두 패기만만하고 장밋빛 미래만을 꿈꾸는 것도 아니다. 젊은이라고 모두 확실한 목표를 갖고 분명하게 살아가는 것은 더욱 아니다. 그 나이 때 나는 어땠었나. 성적 순서에 따라 대학과 학과가 이미 결정되어 신문지상에 발표되면, 그저 내 점수에 해당되는 데를 찾아 지원해서 시작한 공부였다. 적성도 꿈도 비집고 들어오지 못했다. 그럭저럭 취업해서 살아가기 용이한 게 무엇인가 하는 것만이 선택과 결정의 가장 큰 잣대였다.

허나 그렇게 시작한들 어느 것 하나 확실한 미래가 보장되는 것도 아니었다. 얼마나 막막하고 아득했었나. 도무지 믿고 기대고 의지할 것이 없었다. 더구나 돈도 용기도 그땐 없지 않았던가. 내가 할 수 있는 게 무엇인지 아무런 확신이 없었다. 다가올 미래는 아름다울지 몰라도, 젊음은 모든 게 불확실했다. 그래서 버겁고 답답했다. 늘 불안하고 흔들리고 외로웠다. 그것이 나의 젊음이었다.

젊음이 아름답다는 명쾌한 단문은 그렇듯 수많은 조건절들을 생략하고 있었다. 그렇지만 혼자만 아프고 힘든 건 아니었다. 주위 누구나가 다 그랬다. "아무도 걸어본 적이 없는 그런 길은 없다"는 시 구절을 읽지 않아도 모두 똑같았으므로 모두 다 알았다. 그땐 그랬다.

그렇듯 많은 사람들은 자기에게 무슨 재주가 있는지도 모르면서, 자기 의지와는 무관하게 결정된 현실에 안주하면서 그냥 저냥 살아간다. 내일의 인생은 어차피 아무도 모르는 것. 누가 충고하고 누가 정답이라고 말할 수 있겠는가. 자신이 진실로 하고 싶은 것을 찾아 최선을 다하면 꿈은 반드시 이루어진다는, 잘나가는 유명인들의 한결같은 충고가 더욱 절망스러운 것은, 정말로 원하는 것, 그것이 무엇인지를 스스로가 모르고 있다는 것이다.

창 밖 여학교에서 들려오는 생기 넘치게 재잘거리는 소리와, 삼삼오오 짝지어 몰려다니는 그들의 빛나는 발랄함 들이, 쉴 새 없이 흔들리며 다가오는 영화 속 앵글처럼 스쳐간다. 그 속의 하나이어야 할 딸아이가 홀로 비껴 나와, 그늘 밑 쓸쓸한 그림자처럼 돌아서 있다. 그렇게 흘러간 한해였다.

귀가 먹먹해지고, 눈에 뭔가가 핑 하고 돌더니, 끝내 가슴이 답답해진다. 어지럼마저 훅하니 일어나 그만 눈을 감는다. 높고 넓은 하늘과 바다. 끝없는 수평선과 말없는 백사장. 변함없는 파도와 바람. 남십자성이 있는 남쪽 끝나라. 이곳으로 이민 와서 우두커니 서있는 우리 가족에게 어느 시인은 이렇게 대신 말한다. "호락호락한 세상은 아니지만/ 조금은 단순하게 살아보자// 남들보다 조금 늦으면 어떻고/ 남들보다 조금 부족하면 어떠리/ ……"

무엇이 문제인가 라고 물을 수도 없는 막막함. 알고 있어서 차마 물을 수 없는 물음. 모든 문제가 한 순간 연기처럼 사라지는 기적은 없었다. 해독이 불가능한 미증유의 현실만이 있었다. 그러나 길이 끝났다고 생각되는 그곳에서 다시 길은 시작되는 것이라고 하듯이, 남반구의 겨울이 지나고 '자카란다' 나무의 진보라 색 꽃들이 분분히 거리에 날리기 시작하자, 흐르는 시간과 함께 딸아이의 아픔도 희미하게 멀어져 갔다.

말이 되지 않은 마음도, 말이 되지 못한 생각도 모두 지나갔다. 아무것도 기억나지 않는다. 어떻게 그 시간들이 지나갔는지. 딸아이도 가족들도 어떻게 그 시간을 이겨 냈는지 전혀 기억나지 않는다. 축 처진 젖은 빨래처럼 어둠 속에 늘어져 있다

중년, 담담하게 버티는

가, 스멀스멀 일어나 세상 밖으로 걸어 나올 수 있었던 것은 시간 때문인가. 아님 젊음 때문인가. 누구도 아무것도 묻지 않았다. 누구도 아무 대답도 하지 않았다. 말할 수 없고 말하지 못할 그 무엇이, 이민 1.5세대 열여덟 딸아이에게 그렇게 왔다 갔나 보다.

신비롭고 놀라운 성장 분투기

　내가 할아버지가 되던 날부터였다. 무엇인가를 그토록 집중하여 자세히 지켜봤던 일이 언제 있었던가. 그가 보여주는 치열한 성장 과정은 차라리 경이로운 분투였다. SNS를 통해 처음 내게 그 모습을 드러냈던 갓 태어난 모습은, 안아보고 싶다는 생각조차 무색해지는 여린 생명체였다. 유전자의 위대함은 커녕 생물학적 동질성마저, 맞나 싶기도 했다. 그러던 그의 목에 힘이 들어가고 눈을 맞추려 애쓰기 시작했다. 말랑말랑할 손으로 무엇이든 만지고 입 속으로 넣기 시작했다. 손가락 관절을 움직여 어떻게든 움켜쥐려 애쓰는 모습도 있었다. 동영상을 통해 이런 과정들을 매일 숨죽여 바라보았다. 두발을 허공에 쉴 새 없이 내뻗고 필사적으로 뒤집으려 바둥거리고 우유를 빨아드리려 용쓰는 모습은 처절한 사투였다. 그러던 그가 언제인지도 모르게 기어 다니기 시작했고 곧이어 붙잡고 서기

　　　　　　　　　中년, 담담하게 버티는

를 보여 주었다. 이러한 단계마다 가족들은 태블릿 화면에 코를 박고 탄성과 환호를 보내며 열광했다.

아이가 보여준 이 모든 치열함 중에서 으뜸은 먹기였다. 우유통을 필사적으로 붙잡는 자세에서, 이유식을 제 입으로 가져가기까지 몸과 정신의 모든 에너지를 끌어모으는 모습이란, 경이롭기까지 했다. 우유통을 보면 두 손을 가지런히 모아 앞으로 뻗으며 얼굴 가득 짓는 미소란, 무의식의 생존 반응이라기보다는 차라리 거룩함이었다. 이렇듯 집중해서 바라보지 않았으면 결코 몰랐을 한 생명의 치열함이었다. 내 자식을 키울 땐 결코 알 수 없었던 신비롭고 놀라운 삶의 순간들이었다.

할미와 할아비의 끝없는 감탄과 환호에 반해 엄마의 반응은 현실적이었다. 웃을 때나 예쁠 때만 사진과 동영상으로 봐서 그렇다고, 대부분의 나머지 시간은 울고 칭얼대는 장면으로 가득 찬 현실의 육아 현장이라는 것이었다. 모를 리 없었다. 그러나 어쩌랴. 자는 모습이나 웃는 모습보다는 보채고 우는 모습이 더 궁금하고 더 사랑스러운 걸 말이다. 그래서 그런지 사진이나 동영상 중에 클라우드에 저장하는 것들은 울고 떼쓰며 안면 근육을 더 많이 움직이는 장면들이 대부분이었다. 불만족한 상황을 얼굴과 온몸으로 표현하는 그의 모습에서, 난 비로소 세상과의 동질성과 보편성을 찾고 안심했는지도 모르겠다.

꿀복이란 태명으로 우리에게 그 존재를 처음 알릴 때만 해도 우리의 일상이 그로 인해 얼마나 바뀔지 알지 못했다. 감사함의 징표로 행운목 한 그루를 집안에 들임으로 그의 존재를 환영했을 뿐이었다. 꿀복이가 엄마의 몸을 나와 서우라는 이름으로 자기만의 우주를 이렇듯 드라마틱하게 창조해 나갈지 전혀 상상하지 못했다. 한 생명체가 이 세상과 공존해가는 모습은 우리 모두에게 큰 감동과 자각을 가져다주기에 부족함이 없었다. 때로는 마음으로 들어야 들리는 소리가 있다. 그가 세상 사람들과의 관계에서 보이는 반응은 맹렬한 사투에 가까웠다. 그는 연약했지만 무기력하지는 않았다. 작은 몸으로 어떻게든 살아남으려고 필사적인 반응을 보이는 듯했다. 그래서 그는 더 빨리 어른들과 타협했던 건지도 모르겠다. 세상에서 밀려나지 않기 위해, 내 던져지거나 잊히지 않기 위해, 그가 어른들에게 더 먼저 손을 내밀었던 건 혹여 아니었을까. 냉혹한 이 세상의 이치를 어떻게 그 어린 몸으로 벌써 알았을까. 그가 아직 불완전한 몸으로 세상과 맞서서 안간힘을 쓰는 동안 어른들은 그저 그의 마음을 헤아리며 기다려야 할 것이다.

그가 세상에 나온 지 몇 달 되지 않아 전 세계는 코로나바이러스가 창궐하기 시작했고, 하늘길이 막히면서 모두는 컴퓨터 화면으로 만날 수밖에 없었다. 새 생명의 질감을 터치할 때 오는 느낌이 몹시도 궁금했다. 어린 생명체의 비릿한 그 냄새는 과연 어떨지 가늠할 수 없었다. 비행기만 뜨면 바로 달려가리

중년, 담담하게 버티는

라 마음먹고 기다리길 두 해가 지나갔다. 백신 개발은 계속되는 변종 바이러스의 출몰을 막을 수 없었고, 확진자 숫자는 아직 여전한데, 세상은 결국 그들과 휴전해야만 했다. 바이러스와의 공존을 택한 세상은 2년 이상 닫았던 빗장을 풀었고 그에게로 향하는 오작교도 드디어 열렸다. 우리는 비행기표를 끊는 데 더 이상 주저할 수 없었다. 그러는 사이 서우는 서서히 이 세상 속으로 무사하게 연착륙하는 듯했다. 걷고 뛰고, 먹고 싸고, 말하고 소통하고, 감정을 표현하고 관계를 맺으면서 그렇게 서우는 인간계의 일원이 되어 가고 있었다.

세 살 들어 서우가 부쩍 "아니야"를 외치는 바람에 가족들은 난감했다. 포도 주스를 먹으면서 포도 주스 맛있냐고 물으면 "아니야"라고 대답하고, 그럼 딸기 주스 먹는구나 하면 이내 그것도 "아니"라고 말했다. 이렇듯 바나나에서 사과로 다시 포도로 돌아가도 대답은 여전히 "아니야"다. 이런 상황은 특히 이모가 물어볼 때 자주 일어났다. 사실 이모는 영상 통화도 가장 많이 하고 장난도 선물도 아낌없이 퍼주는 조카 사랑이 으뜸인 존재이다. 그의 당돌한 반응 이유를 확인하기 위해 다른 질문을 던져 보기도 하나, 대답은 제멋대로 "아니"와 "싫어"를 번갈아 왔다 갔다 했다. 평소 대화의 수준을 감안할 때 질문을 이해하지 못했을 리는 분명히 없었다. 궁금했다. "금쪽같은 내 새끼"라는 TV 육아 프로그램도 빠짐없이 찾아봤다. 서우의 시크함과 무심함은 어디에서 비롯되는 걸까. 이제 됐으니 그만

관심을 가져달라는 시위 같기도 했다.

"싫어"나 "아니"는 모든 아이에게 있어 첫 번째 자아의 표현이라고 한다. 이제 좋아하는 것과 싫어하는 것의 구분이 생겼다는 뜻이며, 구체적으로 나에게 지시하지 말라는 의미가 담겼다고도 한다. 무엇을 하고 싶다거나 좋아한다는 의사 표현은 그다음 단계라 한다. 만약 이 단계에서 부모의 과잉 간섭으로 "싫어"를 허용하지 않게 되면, 아이는 생존을 위해 누군가에게 의존하게 되는 어른이 되고 만다는 것이다. "아니야"는 그래서 아이가 가질 수 있는 가장 명료한 감정이라고 한다. 긍정적인 감정보다는 부정적인 감정이 쉽고 확실하다는 건 잘 알려진 사실이다. 사람과의 관계를 잘 엮어가고 싶을 때 가장 손쉬운 방법은 상대가 원하거나 좋아하는 일을 하는 것보다, 싫어하는 일을 안 하는 것이다. 건강을 위해선 몸에 좋은 음식을 찾아 먹는 것 보다 몸에 나쁜 음식을 멀리 하는 것이 먼저이듯 말이다. 서우의 "싫어"는 성장 발달 중에 나타나는 당연한 표현이었고, 우리는 실망하거나 걱정하지 않고 그대로 받아들이면 되었다. 서우의 "싫어"나 "아니야"는 그렇듯 가족의 마음을 들었다 놨다를 반복하다, 결국은 사그라들며 잊혀 갔다.

아이 하나를 위해 부모는 물론이고 양가 할아버지 할머니, 이모, 고모 모두 지갑을 연다는 "에이트 포켓 시대"라고 한다. 우리 가족 역시 서우를 위해 지갑을 열고, 꺼낼 찬스만을 노리며 대기하고 있다. 가정에서나 어린이집에서 그의 일거수일투족을 알고 싶어 하고, 출근 도장 찍듯 매일 휴대폰 앞에 코를 맞대고 그의 존재를 확인한다. 시간의 흐름과 더불어 그는 커지고 변하면서 또 다른 존재로 진화한다. 점점 낯가림과 부끄럼이 늘어난다. 휴대폰을 찍으면 달아나기 시작하고 때론 스스로 동영상을 찍고 있는 휴대폰을 꺼버린다. 그러나 아직 그에 대한 가족들의 사랑은 끄떡없다. 관심과 사랑은 간섭과 집착이 되기 쉽다는 것을 잘 안다. 육아 과잉보호 시대에 있어 과도함보다 적당함이 진리임을 모를 리 없다. 그러나 내로남불처럼, 그에 대한 우리의 사랑만큼은 과도하지 않다고 애써 자위한다. 그러나 때가 오고 있다. 그의 니즈에 맞춰 주어야 할 때가 서서히 다가옴을 느낀다. 늘 한 발짝 뒤로 물러나서 기다려 주어야 할 때가 온 듯하다. 서우가 세상 사람들을 진중하게 대하는 멋진 사람이 되길 원한다면, 그리고 그들로부터는 귀한 대접을 받는 소중한 인격체가 되길 원한다면, 가족들부터 그에게 그렇게 정중하게 대해 주어야 한다. 때로는 가족이 손을 맞잡고 서우를 위해 노래도 불러줄 것이다. "당신은 사랑받기 위해 태어난 사람" 그러나 서우가 특별한 존재라는 사실과 더불어, 누구나 또한 특별한 존재가 아니라는 사실도 꼭 알았으면 한다.

표현되지 못하는 말과 전달되지 못하는 마음들로, 때론 고독해지는 감성 깊은 아이. 부끄러운 줄도 모르고 염치도 없는 무례한 어른들일지라도, 기다려주는 속 깊은 아이. 수시로 좌절하고 툴툴거리며 상처받는 어른들 곁에서, 이에 아랑곳하지 않고 언제나처럼 무심하게 웃어주고 안기고 때도 쓰는 신비롭고 오묘한 아이. 늘 염치 있고 부끄러워할 줄 아는 가만한 아이. 어른들을 단지 기쁘게 하기 위해 이 세상에 온 것이 아니고, 함께 나누고 같이 성장하기 위해 우리 곁에 찾아온 서우에게 열렬한 사랑을 보낸다.

몇 년간에 걸쳐 온 가족이 하나 되어 한 편의 다큐멘터리를 찍었다. 서우가 주인공이며 감독이고 작가이기도 했던 1인 3역의 모노드라마였다. 이 작품엔 가족이라는 이름의 많은 덕후가 있었다. 사랑과 관심이라는 미명하에 열광적인 덕질도 이어졌다. 새 생명의 등장과 함께 찾아온 가족의 열정은 팬덤에 다름 아니었다. 이제 주인공이 사인을 보내는 듯하다. 커튼콜을 위해 다시 무대 위에 나온 서우가 시크한 표정으로 인사를 한다. 할미 할아비 이모 이젠 그만 지켜만 봐주세요. 지금부턴 엄마 아빠랑 그리고 선생님들 친구들과 함께 하나뿐인 내 인생 멋지게 맞짱 뜨며 살아갈게요.

중년, 담담하게 버티는

새 생명과의 만남을 축하하는
우주의 답신

생각해 보면 가장으로서 가족을 위해 정말 최선의 선택을 하며 살아왔는지 모르겠다. 늘 좀 더 나은 환경으로 이끌지 못함이 미안했었고, 부끄러웠음을 고백하지 않을 수 없다. 말도 통하지 않는 멀고도 낯선 땅으로 이민을 가서, 겪어야 했던 어린 소녀의 그 깊은 속 마음을, 어른이라고 다 헤아릴 수 없었다. 이민 가정의 이런저런 이유로 어리광보다는 씩씩한 척 의젓해야만 했던 그 많은 시간들을, 그저 지켜봐야만 했던 부모의 마음은 늘 미안했었고 그래서 또 고마웠었기도 했다.

세상에 나왔던 서울 올림픽이 열렸던 그해. 그 이후의 시간들은 아주 가깝고 생생하게 기억되는데, 현실은 강산이 세 번 변할 만큼 지나 그저 오래된 필름의 낯선 모습처럼 바뀌지나 않을까 걱정이 된다. 그래도 생각만 하면 훈훈해지는 공동의 추억의 장들이 있음은 얼마나 소망스러운 일인가.

　시골집에 가서 보냈던 초등학교 여름 방학의 시간들을 기억한다. 마중물을 붓고 펌프를 눌러가며 물을 퍼 올려 등 목을 할 때의 환했던 얼굴, 마을 어귀 정자나무 아래에 온가족이 드러누워 바라보던 파란 하늘도, 어스름 땅거미가 지던 논둑 가를 손을 잡고 걸으며 목청껏 불렀던 동요들도. 네가 잊지 않고 또 우리 가족이 기억하면 그것은 늘 지치고 힘들 때 우리를 지켜주고 다시 힘을 내게 해 주는 소망스러운 기억이 될 것이다.

　고등학교를 졸업하던 해의 윌슨마운틴 단풍 숲 속 통나무집에서의 추억과, 대학을 졸업하던 해에 떠났던 케언즈 여행은 이제 우리 가족의 전설이 되었다. 열대우림 속 보트 여행에서 보았던 푸르른 율리시스 나비와, 온 가족이 손을 잡고 스노쿨링 하며 보았던 형형색색의 니모 물고기가 살던 환상적인 바닷속 세상도, 남태평양의 십자성과 그 주위에 모래알처럼 뿌려져 있던 밤하늘의 별들과 함께했던 추억들이 있었다. 번지 점프를 하던 네가 물 속으로 텀벙 빠지던 정말 아찔했던 해프닝도 이제와 생각하니 웃을 수 있다.

　떨어져 깨진 홍시 감과 껍질 까진 밤송이가 흥건했던 경주의 그 길도 있었다. 몇 해 전 떠났던 가을 여행이었지. 오붓한 한옥집의 작은 온돌방에 함께 누워, 어린 시절과 이민 초기 이야기를 나누며 서로의 체취를 함께 했던 시간들이 결혼 전 마

　　　　　　　　중년, 담담하게 버티는

지막 가족 여행이 되었다. 이제 그 많았던 가족과의 기억은 아름다운 추억으로 남겨두고, 새로 시작하는 너 만의 가족들과 더 좋은 많은 추억들을 만들어야 한다.

시간이 변함없이 흘러만 가듯 일상도 늘 똑 같다. 철로 변의 나무들 위로 내려 앉은 아침 햇살이 탱글탱글 튀어 오를 듯 싶다. 녹색의 나무들 위로는 파란 물감을 풀어 논 듯한 하늘이 하얀 구름을 몇 점 품고 펼쳐져 있다. 누구는 거처가 불편하지 않을까 걱정을 하고, 또 그 누구의 누구는 오히려 불편함을 끼치는 게 아닌지 서로 걱정을 했다.

맏딸 내외가 짧지 않은 시간을 함께하다 되돌아 갔다. 그들의 잔영이 쉬이 가라 앉지 않는다. 같이 했던 시간들은 마음에서 떠나지 않으려 발버둥 치는데 세상은 언제 무슨 일이 있었냐는 듯 무심하게 너무도 똑같이 지나간다. 좀 더 시간이 또 필요할 듯하다. 만나고 헤어짐은 삶의 전부와도 같다. 육십 년 넘게 살면서 수많은 헤어짐을 겪었지만 늘 처음인 듯 낯설고 서툴다. 떠나 가는 자와 떠나보내는 사람 중에 어느 쪽이 더 절절할까. 떠나 간다 함이 왔던 곳으로 되돌아 감을 뜻할 때라면 그나마 다행이리라. 떠나가는 자의 목적지에 가족과 집이 있다면 이는 차라리 기쁨일지도 모른다. 이럴 때라면 떠나보내고 남는 자는 온전히 헤어짐의 무게를 짊어져야 한다. 든 자리 보다 난 자리가 더 눈에 띄 듯이 말이다.

"언니가 가고 가을이 왔네" 오후 들어 장보러 걸어가며 막내가 무심히 툭 던진 한마디. 엄마는 운율까지 맞췄다고 공감했고. 계속된 비에 확연히 온도가 떨어진 바람을 맞으며 풍욕이라는 그럴듯한 맞장구도 나왔다. 그러면서 모두 맏딸의 부재를 느끼는 듯했다. 서울엔 봄 꽃이 피고 시드니엔 서늘한 가을 바람이 불 테다. 그렇듯 계절이 바뀌면 또 설레는 마음으로 만날 수 있으리라.

맏딸이 크림빵과 단팥빵 중 어느 걸 더 좋아하는지도 알지 못하는 아빠이니, 무엇인들 궁금할 자격은 있는지 부끄럽기도 했다. 아가의 안녕도 물론이지만 산모에게 있어서의 안녕이 더욱 중요한 건 외할아버지이기에 두말할 필요도 없었다. 잘 자고, 잘 먹고, 부담과 걱정은 조금만 하고, 착한 여자 콤플렉스나, 좋은 엄마 콤플렉스 같은 거는 다 내려놓길 바랬다.

서울에 새벽 눈발이 비치고 시드니엔 자카란다 보라색 꽃들이 난분분 세상을 덮었다. 새 생명과의 만남을 축하하는 우주의 답신이리라. 생명보다 더 귀한 것이 어디 있으랴만 그 중에서도 핏줄이 만들어 내는 생명이야 말로 그 감동과 소중함이 세상 무엇보다 귀했다. 생각이 깊은 생명으로 잘 커 가기를 기원했다. 이미 좋은 부모 만났으니 이젠 좋은 친구와 좋은 이웃도 잘 만나 씩씩하게 살아가길 바랬다.

오랜만에 맑은 아침 햇살이 창 밖에 가득하다. 익명의 모르

중년, 담담하게 버티는

는 사람들 속에 섞여 기차를 타고 출퇴근하는 일은 축복과 같다. 막내 딸이 사준 가방에 아내의 사랑과 정성이 그득 담긴 도시락을 넣고 출근을 한다. 매일 조금씩 설렘과 적당한 긴장감으로 팽팽한 텐션을 즐긴다. 한국에선 꿈에서만 가능했던 정시퇴근이 여기선 차라리 덤이다. 오래 전에 즐겨 듣던 가요와 팝송을 찾아 휴대폰에 저장하고 출퇴근 시간에 듣는다. 나에게 제2의 인생은 그저 감사일 뿐이다.

아이가 한번씩 웃어주면 모두가 행복해지는 매직 같은 저녁 시간을 기다린다. 퇴근을 하고 집에 들어오면 휴대폰의 작은 화면 앞에 가족들이 모여들어 얼굴을 맞대는 시간은 일찍이 가져보지 못했던 축복이다. 걷기 시작하면서 화면 속에 잡히지 않는 아기를 기다린다. 텅 빈 화면을 바라보고 알 수 없는 웅얼거림을 소리로만 듣는다. 이제 곧 뛰어다니면 그마저 힘들어 질 거라는 걸 잘 안다. 가끔은 세상에 없는 환한 미소로, 때론 무심한 척 시크한 표정으로, 휴대폰 너머 시드니 가족을 쥐락펴락한다. 그 중 으뜸은 부끄러워 엄마 뒤로 숨는 자태이다. 부끄러워하는 순수한 표정과 행동에서 할배는 그저 행복할 뿐이다. 그렇듯 하루 하루 다른 사람이 될 거고 우리는 아이가 주었던 행복했던 시간들을 추억으로 가슴에 담아두리라..

부모의 삶이 그러했듯이 맏이도 태평양을 건너 삶의 터전을 바꾸고 치열하게 세상과 맞서고 있다. 지나와 생각해 보니 어느 한 시절도, 힘들거나 또는 행복했던 시간들은 늘 따로 또 같이 존재했던 것 같다. 행복과 불행 사이에, 기쁨과 아쉬움 사이에, 대부분의 모든 시간들은 다행의 시간들이었다. 반복되는 일상의 시간들이었다. 별일 없고 아무일 없는 낮씽 스페셜한 일상 속에서 다행을 찾아야 한다. 아이는 하루가 다르게 에고가 자리잡고, 감정과 이성의 문지방을 넘나든다. 가족 구성원 모두가 육아라는 전쟁터에서 윈윈하길.

주어진 현실을 만족해하며 즐겁게 살아야 한다. 그것이 아이에게 줄 수 있는 가장 좋은 선물일 테다. 그럼 아이도 그걸 보고 배우며 건강하게 자라날 테고, 부모도 자식이 가는 길을 넉넉하게 바라볼 수 있는 힘이 생기는 것일 테다.

자식의 세상은 자식을 통해서만 존재한다

자라면서 늘 우리 가족의 핵인싸였고 분위기 메이커였던 막내였다. 평범하고 당연한 것을 언제나 뛰어넘곤 했다. 차를 타고 여행을 갈 때면 창밖 풍경을 거꾸로 보곤 했고, 차 트렁크 속에 누워 바라다보이는 하늘을 좋아했다. 놀이공원 코끼리 열차 안내방송을 똑같이 따라 해서 가족들을 즐겁게 해주었고, 학교 대표로 나가 혼자 실내화를 신고 뛰다 1등에서 점점 뒤처질 땐 운동화 때문이라는 생각에 마음이 아팠지만, 그때 우리 가족은 모두 하나가 될 수 있었고, 잊지 못할 추억을 담을 수 있었다.

생각해보면 막내는 늘 우리 가족의 기쁨이고 자랑이었다. 이민 온지 채 2년도 안 돼 영어 스피치 대회에 나가, 방귀를 주제로 2등을 차지할 땐 정말 믿기지 않았다. 그때의 때 묻은 메모지 원고를 난 아직도 버리지 못하고 보관하고 있다. 셀렉티브 학교를 두 군데나 붙었을 때도 있었다. 믿기지 않는 마음에 모두가 떠난 빈 학교를 둘러보며 자랑스러워했던 시간도 생각 난다. 졸업을 앞두고 외국어 경진 대회에서 NSW 3등이라는 기대하지 않았던 발표를 듣고, 가족 모두 손을 맞잡으며 기뻐 하기도 했다.

멜버른으로 대학을 가고 그곳에서 보냈던 5년의 멋진 추억 은 막내가 준 또 하나의 선물이었다. 태어나서 처음으로 집을 떠나 정말 씩씩하게 공부 했고, 마지막 2년은 벤디고, 밀두라, 멜턴으로 실습도 다녔다. 생각해 보면 20대 초반 나이에 쉽지 않은 시간들이었다. 때론 힘겹고 벅찬 시간들, 부모라도 알 수 없는 너만의 눈물과 노력이 지금의 너를 만들었음을 잘 안다.

일 년 갭이어를 가질 땐 아빠와 단둘이 울룰루 캠핑 여행도 갔다. 스먹에 누워 같이 바라보던 엘리스 스프링의 밤하늘. 하 늘은 텅 빈 곳이 아니라 별들로 꽉 차 있다는 걸 그때 알게 되 었다. 저녁놀이 물들어가던 울룰루 주위에 비바람 돌풍이 몰아 치고 혼비백산 피신처를 찾아 뛰어가던 기억도 있다.

시험 때가 되면 방 벽마다 가득 포스트잇을 붙여가며 공부 하던 모습도 잊을 수 없다. 혼자서 누구의 도움도 없이 학교 공 부를 마치고, 2시간 넘게 고속도로를 운전하며 병원으로 출퇴 근하던 2년여 시간은 스스로를 더욱 단단하게 만들어 주었음 이 틀림없다. 20대 중반의 이민 1.5세대 젊은이가 헤쳐 나가기엔 만만치 않을 시간들이었음을 어찌 모른다 할 수 있을까.

 "아빠, 내가 헛살지는 않은 것 같아". 메이트랜드 일을 마치고 돌아온 딸이 차에서 내리며 말한다. 동료들로부터 송별식이 있었던 듯싶다. 몇 개의 꽃과 선물들을 들었다. 학교를 마치고 처음으로 근무했던 일터였었다. 이년 그리고 반년 더 두 시간 넘게 운전해서 다녔다. 평상시 생각이나 행동에서 한국적인 마인드가 많았다고 생각했는데, 그곳에서 서양 사람들과 일하며 사고의 틀이 유연해지기도 해 보였다. 맘에 맞는 고참 간호사를 만난 것도 행운이었다. 일하는 시간만을 생각하면 다른 사람들과 비교할 때, 많은 대가를 받는다는 사실도 비로소 실감했던 곳이었다. 세상일이 모두 그러하듯, 좋은 일만 있었던 것은 아니었다. 저녁에 호텔에서 혼자 자야 하는 현실도 본인은 물론 가족들 모두를 힘들게 했다. 주차장의 차에 도둑이 들었던 사건까지 겪기도 했다.

 이젠 이 모든 일들이 추억이라는 이름으로 기억의 저편에서 잊혀 갈 것이다. 시간이 가면 메이트랜드 병원은 이떤 모습으로 마음에 남게 될까. 집에서 멀리 떨어진 대학에 가게 되고, 게다가 실습한다고 여기저기 더 먼 시골 마을로 육 개월씩 옮겨 다녔던 것이, 낯선 곳에서 혼자 있는 시간을 익숙하게 만들어 주었으리라. 이런 경험들이 메이트랜드라는 지방 소도시에서 일을 시작하고 견딜 수도 있게 했었는지 모르겠다. 이십

대 중반의 모든 젊은이가 선택하고 헤쳐 나갈 수 있는 길은 아니었을 것이다. 좀 더 특별한 용기와 열정이 필요한 쉽지 않은 일상이었다.

아직 여명이 시작되기 전인 이른 새벽 고속도로 위를 두 시간 넘게 혼자 달리면서 무슨 생각들을 했을까. 미처 가늠하기 어려운 그 무언가가 가슴에서 먹먹하게 밀려온다. 노을이 지고 어스름 풍경이 자취를 감추면서 어둠이 내려앉기 시작하는 벌판의 풍광을 뒤로하고 달리면서는 또 무슨 생각들을 했을까. 쏟아지는 빗속을 달릴 땐 알 수 없는 감정에 눈앞이 흐려도 졌으리라. 여러 모습이 주마등처럼 흘러간다. 눈을 감아 본다. 돈을 벌고 세상에서 뒤처지지 않기 위해 삶이라는 황량한 벌판에 홀로 선 이십 대 여자의 가녀린 뒷모습이 보이는 듯하다. 부디 만났던 사람도 장소도 시간들도 모두 평화롭고 자유로운 좋은 기억들로 남기를 바랄 뿐이다.

이젠 가족이 있는 시드니에서 일을 선택했다. 또 한 번의 변화가 가져다줄 불안과 기대를 안고, 또 한 장 청춘의 페이지를 넘긴다. 새로 펼쳐질 풍경에서도 때론 바람이 불고 비가 올 것을 믿는다. 하지만 맑고 따뜻한 햇살도 반드시 있을 것임을 또한 안다. 이제까지 그래왔듯 언제나 최선을 다하는 아름다운 모습으로, 가족들의 든든한 자랑이 될 것임을 안다.

지금, 이 순간 그냥 마음이 가는 대로 하자. 염차 집에 가선

먹음직스러운 접시부터 집어 들자. 나중으로 미루지 말자. 쇼핑이 하고 싶으면 케이마트 전에 데이비드존슨을 먼저 들어가자. 다음으로 미루지 말자. 꽃이 아름다운 것은 일찍 지기 때문이란다. 시들어지기 전에 꽃을 실컷 보아야 하지 않겠냐. 어쩌면 목표 같은 건 그저 성실하게 하고 싶은 거 미루지 말고 열심히 살다 보면 곁에 와 있지 않을까 하는 생각이다.

타인의 절반은 늘 나에게 싫은 소리를 할 수 있다는 당연한 사실을 잊지 말자. 절반이 던지는 부정적인 평가를 그렇지 않다고 따지면서 논리적인 부당성을 찾으려 하지 말자. 그들은 언제나 그럴 수 있다. 합리적이지도 정당하지도 않은 이유로 말이다. 이를 인정하고 담담하게 받아들이고 흘려보내는 것이 결코 비굴하다거나 밑지는 것이 아니다. 무시당하는 것도 아니다. 그저 해가 뜨고 지는 일처럼 늘 반복되어 나타나는 일이다.

조목조목 따지고 설명하면 상대가 인정하고 사과하고 뒤로 물러날 수 있다고 추호도 생각하지 말자. 그럴 일은 절대 발생하지 않는다. 오히려 더욱 강한 반발만이 되돌아올 뿐이다. 곰곰이 생각해 보자. 반대의 상황에서 나는 어떠했을까. 나의 순수한 조언이나 충고에 대해, 자신의 입장에서 본 논리적인 부당성을 길게 풀어내는 상대를 보게 되면, 난 무슨 생각을 할까. 쿨하게 인정하고 사과한 경우가 있기는 할까. 그렇다. 어차피 생각의 눈높이가 다름을 알아차리는 순간, 눈을 찔끔 감아

버리고 잠시 숨을 돌리는 것이 훨씬 현명한 방법이다. 잘잘못은 애초에 구별할 수도, 존재하지도 않았는지 모른다. 우리는 모두 그렇듯 상대를 백 프로 알 수도 이해할 수도 없는 것이다.

좀 허술해도 된다. 아무도 뭐라고 안 한다. 가끔 손해 보며 살아도 된다. 가만히 보면 누구나 그렇게 산다. 완벽할 수 없다. 주위 사람들로부터 좋은 소리만 들을 수 없다는 말과 같은 말이다. 지고 밑지고 소외되고 힘들 수 있다. 그만큼도 잘했다고 믿어주는 가족이 있지 않은가. 일도 사랑도 거침없이 헤쳐 나가기를 바란다. 힘들고 불안해도 무소의 뿔처럼 가만히 가만히 걸어가기를 바란다.

자식이 좋으면 부모도 좋고, 싫으면 같이 싫고, 틀려도 맞아도 같이 틀리고 같이 맞게 된다. 자식 편만 드는 게 아니라, 그럴 수밖에 없는 이유가 있다. 그것은 자식이 살아가는 세상은 바로 자식을 통해서만 존재하기 때문이다. 설사 조금은 부족하고 덜 성숙한 생각이나 행동 일지라도, 자신의 판단이나 결정이 틀리지 않다는 믿음을 주고 싶다. 힘과 용기를 주고 싶다.

사람이 세상을 살아가는 데는 관계를 맺을 뿐 아니라 끊을 줄 아는 능력이 훨씬 더 중요하다는 말이 있다. 전적으로 공감한다. 만나는 것 보다 헤어지는 게 때론 훨씬 힘들다. 헤어짐을 너무 힘들어하지 않길 바란다. 언제 그랬냐는 듯 어제는 잊히고 새로운 내일은 흥미진진하게 또 다가온다. 세상은 얼마

중년, 담담하게 버티는

나 새로운지 모른다. 늘 새롭게 변하고 또 변한다.

　잘 안된다. 그렇다. 맞다. 일어날 수 있는 일이다. 누구나 잘 알고 있다. 나쁜 일들은 늘 생겨나게 마련이다. 차가운 바람이 등 뒤에서만 불지 않듯이, 얼굴 위에도 따사로운 햇살이 비출 것임을 믿는다.

내 인생의 사이드 B

　내 인생이란 레코드판의 사이드 B에는 어떤 모습이 있었을까 생각한다. A면에 실존했던 나의 삶이 있었다면, B면에는 드러나지 않았던 또 다른 내가 있었을까. 애착이 많았지만 현실이지 않았던 것, 하고 싶었지만 할 수 없었던 것, 아픈 손가락 같은 것들이 있었을 거다. 그건 무엇이었을까. 너무 눌러놔서 기억조차 지워진 것은 아닐까. 애초에 그런 것은 없었던 것은 아닐까. 인제 와서 그것을 알아낸다손 무슨 의미가 또 있을까. 그래도 가끔 내 인생의 사이드 B가 궁금해진다. 그래서 이것저것 기웃거렸다. 나무를 공부해서 숲에서 일을 해보고, 디프로마 학위를 따서 치기공 일도 해봤다. 책을 읽는 동호회를 해보고, 글을 써보고 문단에 발표도 해봤다. 그림을 배우고 스케치를 하고 색칠을 해봤다. 이러다 보면 언젠가 사이드 B에서 A로 옮겨갈까.

　　　　　　　　　　　　　중년, 담담하게 버티는

뭔가 부족하다는 만성적인 느낌이 있었다. 채워 넣어야 한다는 습관적 강박도 있었다. 원하는 것을 이루어야 한다는 것은 욕망의 과잉이었다. 내 인생의 사이드 B를 찾아 옮기려 허우적댔다. 욕망은 단지 허영이었다. 과잉과 결핍은 한계만을 남기고 사라졌다. 내려놓으라는, 놓아주라는 지혜를 보았다. 사이드 B에서 충분함과 과분함을 본다. 감사함이다.

젊은 시절 명동성당의 고갯마루에 올라서면 똑같이 생긴 두 명의 남자가 늘 기타를 둘러메고 노래를 불렀던 풍경을 기억한다. 명동에 나갈 일이 있거나 근처를 가면 일부러 찾아가곤 했다. 때론 제법 많은 사람이 모여들어 신나게 그들의 노래를 듣기도 했지만, 때론 한두 명만 덩그러니 서서 쓸쓸히 들을 때도 있었다. 누구든 그곳에 가면 그들의 노래를 들을 수 있었고, 그들은 그렇듯 늘 그곳에 있었다.

나도 그러했으면 하는 바람이다. 누구든 언제나 찾아가면 늘 있는 그런 존재로 말이다. 한동안 못 보던 이도 언제나 가고 싶고 또 갈 수 있는 곳에서 늘 있고 싶다. 오랜만에 다시 만난 이는 소식이 끊겼던 옛 친구를 우연히 만나듯 반갑게 맞이하는 그런 곳에서 말이다. 그리 쉽게 만들어질 수는 없겠지. 그러기 위해서는 무엇보다 조언도 충고도 평가도 판단도 마음속 깊은 곳에 가둬 두고 살아야 한다. 서운하지 않을 만큼만의 무심함이 때론 필요할지도 모르겠다. 부담스럽지 않을 만큼 배려

하는 지혜도 필요할지 모르겠다. 그럴 수 없다면 내가 그들이 있는 곳으로 찾아가면 된다. 명동성당 앞 쌍둥이 가수처럼 늘 한결같은 곳에서 같은 모습으로 존재하고 싶다는 생각이 깊어지는 겨울이다. 그저 같은 모습으로 살면서 기다리다 보면 스스로 그러해 지리라 믿는다.

내가 중년의 나이에 잘나가던 회사를 과감히 던지고 이민을 떠난 것은 겁이 많아서 도망친 것이었는지, 미래의 행복을 위한 용감한 신념에서였는지를 생각할 때가 있다. 그 시절의 나에겐 명예로운 은퇴도, 은퇴 후 그럴듯한 노후도 어느 것 하나 확실한 게 없었다는 것은 부인할 수 없는 사실이었다. 서로의 절망 앞에서 모두는 낯선 타인이라는 말처럼 그때 그 상황에서는 철저히 혼자 일 수밖에 없었다. 만나기 싫은 사람은 안 만나고 살아갈 순 없을까? 물론 모든 상황에서 그럴 수는 없었지만, 인간관계를 잘 맺어야 한다는 강박에 무조건 배려하고 참으며 살던 시절로 돌아갈 순 없었다.

이민 와서 보니 한국에 있는 지인 중 계속 연락하고 있는 사람이 그리 많지 않았듯이, 지금 다시 먼 곳으로 이사라도 간다면 몇 명이나 연락을 주고받고, 또 보고 싶어질까. 안부를 물어오는 사람이 있고, 안부를 물을 사람이 있다는 게 얼마나 다행스럽고 가슴 떨리는 일인지 느끼며 살고 싶다.

어느 날 문득 이런 생각을 했다. 나의 일상은 마치 CCTV

화면 속 그것과 같다는 생각. 그 속의 나는 아무 소리도 없이 그저 똑같은 행동을 반복하며 살고 있다. 수천수만의 시간 속에 진정 행복해하는 나는 얼마나 될까. 무덤덤한 감정의 일상은 그저 똑같이 흘러만 간다. 묵묵히 담담히 꾸역꾸역 버티면서 말이다. 그러다 어느 날, 몸은 찌뿌둥하고 발걸음은 무겁고 모든 게 무의미하다는 마음이 찾아온다. 할당된 하루치의 삶을 살아내기 위한 힘겨운 일상 버티기는 무성의 CCTV 화면을 무감하게 바라보는 내가 되어 나를 본다.

먼 지평선 끝을 건너온 바람의 끝자락이 눈앞의 나무들 사이를 지나며 소리를 낸다. 낯 설은 먼 바람 소리는 익숙한 숲의 소리에 포개어져 지난 시간을 소환해 온다. 아니라고 할 수 없고 모른다고도 할 수 없는 지나온 시간들이다. 결별을 도모하면 할 수록 늪처럼 몸과 정신을 빨아들였었다. 달아날 수도 없고 갈라설 수도 없는 지나간 시간들이었다. 그러나 그때의 내가 아무것도 묻지 않았듯, 지금의 나도 그렇듯 묻지 않고 살수 있을까. 비록 바람이 불면 또 찾아오겠지만 그 또한 지나갈 것이다.

하루 일을 마치고 기차를 탔다. 노을이 내리는 창밖을 본다. 어제의 내가 그 자리에 그대로 앉아 있다. 남은 시간은 흩어지는데 나는 또 어디로 흘러가는 것인가. 내가 은퇴한 후에 다시 직장 생활을 하며 이제야 갖게 된 마음의 평화를 얻는 기술은 이런 것이다. 진심을 담아 빠르게 사과한다. 내가 무엇을 잘못했는지 내 입으로 확인해서 정확하게 말한다. 상대방의 기분을 헤아려 어떨지 언급하고 공감한다. 육십이 넘어서 젊은이들 틈바구니에서 같이 부대끼며 일하고 살아보는 경험을 거치고서야 이런 기본적인 것들을 겨우 배울 수 있었다.

기차 안에서 익명의 모르는 사람들 틈에 묻혀 짧은 안부를 전한다. 때론 창밖 먼 곳에 시선을 던지며 더듬더듬 마음을 옮긴다. 시작은 지금 내 마음이었지만 시간이 갈수록 행간에는 지나간 나의 모습과 추억으로 가득 차 간다. 이미 답장은 필요 없어져 버렸다. 안부는 기도가 된 지 오래다. 매일 같이 야구 경기를 챙겨본다. 경기가 끝나면 곧바로 어제 신문과 같이 세상에 쓸모없는 게 되고 만다. 그래도 본다. 어제처럼 오늘도 내일도 변함없이 야구 경기는 있을 것이고 텔레비전은 이를 중계해줄 것임이 분명한 이 사실에 뜬금없이 위로 받는다. 익숙했던 것이 변함없이 계속된다는 사실이 안도감을 넘어 위로를 준다는 사실에, 그냥 삶이 헛헛해진다.

예순세 살에는 말소리도 나직나직해지고 발걸음도 조심조심해지고 싶다. 종종 부끄러워하는 표정을 짓고 염치 있는 사람이 되고 싶다. 섭섭함이 마음에 찾아오면 잠시 생각을 멈추고 겸연쩍은 미소와 어색한 표정만으로 족한 나이고 싶다. 다음 생에서가 아니라 이번 생에서 다른 생을 살아보는 여행을

중년, 담담하게 버티는

계절이 바뀔 때마다 떠나고 싶다. 가끔은 내 일상에 '노이즈 캔슬링' 헤드폰을 씌우고 '두낫 디스터브' 푯말을 걸어 두며 살고 싶다. 자신은 자중자애하고 상대는 역지사지하는 그런 사람이 되고 싶다. 행복과 불행의 중간에 있을 수많은 다행의 행간을 이해하고 감사하고 싶다.

이국의 숲에서 부르는 노스텔지어

하고 싶은 이야기는 한 가마니 가득 담았는데, 막상 풀어 놓은 건 한 됫박도 채 꺼내지 못했다. 꺼내 봤자 뭐 대단한 건 하나도 없지 만 말이다. 그래도 난 많이 행복했다. 눈빛에서 또 표정에서 숨길 수 없었다. 어떻게든 한 번 더 시간 내서 보고 또 보았다. 아쉬운 마음 들지 않게 하려는 나의 진심이었다. 이번에도 또 한 겹의 믿음을 쌓는다. 배도 나오고, 주름도 늘고, 피부도 거무죽죽 변하면서, 세월과 함께 내 모습도 내 생각도 변한다.

아침햇살이 숲속 하찮은 풀들 위로 내려앉아 있을 때. 나는 그들 가까이 몸을 내려 신이 만든 세상이 얼마나 아름다운지 스스로 되묻곤 한다. 같은 햇살도 숲속에서는 시간에 따라 그 느낌이 다르다. 그중에 제일은 아침햇살이다. 아침 햇살만이 갖는 밝음과 순도에도 특별함이 있지만, 비스듬히 내려오는 빛의 각도는 색다름을 더한다. 아침 바람의 서늘함과 아침 햇살의 따사함이 어우러져, 서로 다른 것이 하나 되어 가슴에 와닿는 느낌도 있다. 아침 일곱 시의 숲속은 하늘, 땅, 바람, 빛 그리고 나무와 풀들과 특별한 만남을 하는 소중한 시간이다.

고개를 들어 눈높이를 15도만 올리면 멀리 하늘이 보인다. 깊이 숨을 들이마시고 내뱉으면서 다시 15도만 시야를 높이면 이제 끝없는 하늘만 보인다. 지금 내가 살아가는 세상의 아무런 흔적도 그곳에선 찾을 수 없다. 다른 세상이다. 높이 저 멀리 마음을 띄워 보낸다. 움직임을 멈추어 눈을 감고 셋을 센 다음 뜬다. 내 마음은 더욱 파랗게 깊어진 하늘 위로 오르고, 그 하늘은 다시 내 마음속으로 내려와 이제 또 다른 내가 된다.

지금 내가 서 있는 자리에서 앞으로 한 발짝 다가간다. 눈앞의 나무든 발밑의 잡풀이든 아니면 자연이 아니어도 상관없다. 지금의 위치에서 30센티만 앞으로 몸을 내밀어, 가만히 들여다보면 완전히 또 다른 느낌이 찾아온다. 보이는 것에 집중하고 있노라면, 내 마음은 그것들의 지나왔던 시간과 다가올 시간 속에서 함께 하고 있음을 알게 된다. 하나가 되고 있다. 이제 다시 그것들 30센티 앞까지 내 눈을 더 다가간다. 이제까지 그냥 당연하다고 알고 있던 것들 속에서 모르던 것들이 있음을 알게 된다. 그것들은 낯 설음과 호기심으로 가슴을 두근거리게 만든다. 보이는 모든 것들이 또 하나의 세상이고 우주다. 끝없이 작아진 나와 세상이 그 속에 있다. 티끌처럼 작아진 내 마음은 그 속에 스며들어 소멸하고 아무것도 남지 않는다. 그렇게 텅 비워진 내 마음속에선 또 다른 내가 나타난다.

무엇인가를 유심히 관찰하는 주의 깊은 시선은 차라리 아름답다. 오랫동안 자세히 바라다보노라면 세상과 헐거웠던 관계들이 친근하게 다가온다.

오후 3시. 아직 해가 기울기엔 많이 이른 세상에서는 진한 초록의 여름 냄새가 난다. 햇볕에서 느껴지는 계절은 부드럽고 시원하다. 공원의 잔디와 나무들은 상쾌함에 퐁퐁 튀는 것 같고, 그 사이를 바람들이 춤추듯 지나다닌다. 저만치 걸어가는 앞 사람의 등으로 따뜻한 햇볕이 내려앉고 있다. 그 햇볕이 내 등에도 내려앉아 있으리란 생각에 마음이 띈다. 그런 생각은 나를 참 든든하게 만들어준다. 오랫동안 너무 해야 할 일에만 집착하고, 그 외 나머지 일들은 무시해온 것 같다. 그래서 무심히 밀쳐둔 그 나머지 것들 속에 담겨 있던 진짜 소중한 어떤 것, 놓치지 말아야 할 그 어떤 것을 못 본건 아닌지 모르겠다. 하늘길을 찾아 날아가는 새. 빛을 향해 자라나는 나무. 산을 넘고 들판을 따라왔다가는 바람. 늘 한결같이 곁에 있는 가족.

사람들 틈에서 어딘가 좀 서툴고 어설퍼 보일 때, 눈길이 더 가고 마음도 더 기우는 건 나의 취향일 뿐인 걸까. 부끄러워

하는 사람들을 보면 신뢰가 더 생기는 것은 오래된 나의 편견
이자 신념이기도 하다. 그래서 난 오늘도 부끄러워하며 산다.
부끄러워하는 내 모습이 부끄러워 또 부끄러워지면서 말이다.

시드니 이민자의 랩소디

호주에서는 주말이면 쇼핑센터로 사람들이 다 모이는 듯하다. 슈퍼마켓이 있으니 장을 보기 위한 목적으로도 모일 듯싶으나 딱히 장 볼 일 없는 사람들도 다 모여든다. 산책하듯 아이쇼핑하고 끼니때가 되면 커피숍이나 푸드코트에서 가볍게 배를 채우기도 한다. 다리가 아플 듯싶으면 커피를 마시며 앉아 주위 사람들 구경도 하다가 또 이리저리 걷곤 한다. 공원을 산책할 때보다 쇼핑센터를 어슬렁거릴 때 훨씬 빨리 다리가 아파지고 피로를 느낀다. 자신이 좋아하지 않는 일을 할 땐 더 피로감을 느낄 테니 그것은 나의 문제라고 주위에선 일갈한다.

얼마 전 어느 건축학자의 책을 읽다 그 이유를 알았다. 걸을 때 주위의 풍경이 바뀌지 않으면 사람들은 걷고 싶지 않게 된다는 요지였다. 걷고 싶은 길이 되려면 걸을 때마다 길의 모습이 바뀌어야 한다는 것이었다. 언제나 같은 물건을 파는 같

중년, 담담하게 버티는

은 가게만 늘어서 있다면 사람들은 그 쇼핑센터를 걷고 싶지 않아 하리라는 것이다. 그래서인지 쇼핑센터에선 그나마 내용이라도 끊임없이 변하는 상점을 꼭 유치하는 것인가 하는 생각이 들었다. 극장이나 서점 같은 것 말이다. 쇼핑몰이 인테리어를 지속해 바꾸면서 풍경을 바꾸려고 노력을 하나 어찌 공원 길가에 철마다 바뀌는 꽃들과 같은 자연의 풍경에 비할 수 있겠나. 내 다리가 쇼핑센터에만 가면 저질 체력으로 바뀌는 것은 그곳엔 코스모스도 진달래도 없기 때문이었다. 계절의 변화를 느낄 수 있는 작은 공원이 10분만 걸으면 어느 곳에서나 발견할 수 있는 시드니에서 그나마 내 다리는 싱싱해진다.

타국에서 많은 외국인과 어울려 살다 보면 그들의 DNA가 많은 면에서 우리와 좀 다르다는 걸 느끼곤 한다. 그중 한 가지는 아마도 몸에 배어 있는 듯 보이는, 때론 과하다고도 느껴지는 서양인들의 친절이 아닐 듯싶다. 물론 고약한 서양 할머니들을 만나 황당한 경험을 안 해본 바는 아니나, 우리네 보다 그들이 더 친절하다는 것은 개인적인 경험에서 볼 때 맞는 것 같다. 서양인의 과한 친절을 반복해서 접하게 되거나, 주위의 모든 사람에게 늘 같은 모습으로 친절을 베푸는 모습을 확인하게 되면, 왠지 허전하기도 하다. 몸에 밴 듯한 친절이 그들의 선택받은 우월한 유전자 때문이든, 오랜 세월에 걸친 교육을 통해 문화로 정착된 선진화된 사회적 규범의 산물이든, 아니면 일부의 특별함이 일반적인 보편성으로 잘못 인식되었든 간에, 불편한 사실이다. 모두에게 친절한 것은 사실은 아무에게도 친절한 것이 아니고 단지 자기 자신에게만 친절할 뿐이라는 삐딱한 생각을 해본다. 한계 상황에 빠지기 전에는 누구도 자신이 어떤 사람인지 알 수 없다고 한다. 그래서 착한 사람은 아직 나쁜 상황에 빠져보지 않은 사람이라는 시니컬한 말도 있는 것이다.

누구나 다 할 수 있는 일을 내가 한다는 것은 자랑스러운 일이다. 아무나 중에서 내가 선택받았다는 것 아닌가. 나를 제외한 모든 누구나 중에서 내가 얼마나 소중한 존재인가를 말해주는 것이다. 하지만 누구나 할 수 있기에 경쟁력 있는 가치를 평가받지 못할 수 있다. 따라서 쥐꼬리 만한 대가를 받을 수도 있다. 쥐꼬리는 주변의 온도, 환경을 감지해내어 환경 적응에 도움을 준다고 한다. 주위 상황을 감지하는 역할을 하고 몸의 균형을 잡아주는 쥐꼬리. 내가 쥐꼬리만 한 대가를 받고 있다는 것은 그것이 내 인생에 있어 바로 쥐꼬리의 기능과 역할을 하고 있다는 말과 다름없다. 쥐꼬리만큼 받아서 지금 내 생활이 이만큼 절제되고 현명해질 수 있었다는 말일 것이다. 쥐꼬리 만 한 급여를 받으면서 누구나 할 수 있는 일을 한다는 것은 하찮은 일도 만만한 일도 아니다. 가치 있고 보람 있는 소중한 일이다.

혼스비 블루검워크를 걸었다. 늘 둘이 앉아 쉬던 능선 꼭대

중년, 담담하게 버티는

기 널찍한 돌덩이에 드러누웠다. 혼자 먹고 자고 한 지도 한 달이 다 되어간다. 든 자리보다 난 자리가 역시 크다. 여긴 난 자리만 있는데, 떠난 이는 든 자리가 있는 데로 갔으니, 거긴 나보다 덜 낯설겠다. 높은 검트리 우듬지 위로 하늘과 구름이 있었다. 파랗고 하얗고 푸른 배경들이 서늘했다. 하늘도 구름도 모두 멈춰 있는데, 바위와 나는 하나가 되어 움직였다. 어지러웠다. 멀미가 날 듯했다. 눈을 감았다. 잠시 쉬면서 내 앞에 펼쳐진 무제한의 시간은 오히려 분주한 일상을 만들어 놓는다. 그저 가만히 내버려 두지 않는다. 누구를 만나고 무엇을 배우고 무언가를 한다. 바람과 비를 피해 숨어들 어딘가를 찾는다. 욕망의 과잉은 내 한계에 부딪혀 휘청거린다. 언젠가 반드시 멈추고 그칠 것을 믿는다. 익숙지 않은 루틴은 불안하다. 코카투의 절규하듯 울부짖는 소리에 눈을 뜬다. 이제 내려가라 한다. 지친 내 어깨를 떠민다.

중년, 담담하게 버티는

호주에서 블루칼라로 살아가는 한 중년의 이야기

발행일 ㅣ 2023년 2월 20일

지은이 ㅣ 안동환
펴낸이 ㅣ 마형민
기　획 ㅣ 윤재연
편　집 ㅣ 신건희
펴낸곳 ㅣ (주)페스트북
주　소 ㅣ 경기도 안양시 안양판교로 20
홈페이지 ㅣ festbook.co.kr

ISBN 979-11-6929-199-6 03810
값 15,500원

* (주)페스트북은 '작가중심주의'를 고수합니다. 누구나 인생의 새로운 챕터를 쓰도록 돕습니다. Creative@festbook.co.kr로 자신만의 목소리를 보내주세요.